国家出版基金项目

OSTRE SLEDOVANE VLAKY

严密监视的列车

Bohumil Hrabal

[捷克] 博胡米尔·赫拉巴尔 / 著

徐伟珠 / 译

南方出版传媒
花城出版社
中国·广州

图书在版编目（CIP）数据

严密监视的列车 ／（捷克）博胡米尔·赫拉巴尔著；徐伟珠译. — 广州：花城出版社，2017.7（2020.10重印）
（蓝色东欧／高兴主编. 第4辑）
ISBN 978-7-5360-8440-7

Ⅰ. ①严… Ⅱ. ①博… ②徐… Ⅲ. ①中篇小说－小说集－捷克－现代 Ⅳ. ①I524.45

中国版本图书馆CIP数据核字(2017)第186390号

合同版权登记号：图字19-2015-001号
OSTRE SLEDOVANE VLAKY
Selection of：OSTRE SLEDOVANE VLAKY, TANECNI HODINY PRO STARSI A POKROCILE, AUTICKO
Copyright © 1964, 1965, 1986 Bohumil Hrabal Estate, Switzerland

出 版 人：	肖延兵
丛书策划：	朱燕玲　孙虹
出版统筹：	李倩倩　夏显夫　欧阳佳子
责任编辑：	夏显夫
技术编辑：	薛伟民　凌春梅
封面供图：	子夏
装帧设计：	棱角视觉 ANGULAR VISION

书　名	严密监视的列车 YAN MI JIAN SHI DE LIE CHE	
出版发行	花城出版社（广州市环市东路水荫路11号）	
经　销	全国新华书店	
印　刷	恒美印务（广州）有限公司（广州南沙经济技术开发区环市大道南路334号）	
开　本	880毫米×1230毫米　32开	
印　张	6.25　2插页	
字　数	150,000字	
版　次	2017年7月第1版　2020年10月第2次印刷	
定　价	42.00元	

本书中文专有出版权归花城出版社独家所有，非经本社同意不得连载、摘编或复制。
如发现印装质量问题，请直接与印刷厂联系调换。
购书热线：020-37604658　37602954
欢迎登陆花城出版社网站：http://www.fcph.com.cn

严密监视的列车

目录
CONTENTS

记忆，阅读，另一种目光（总序）/ 高兴　/ 1
见证跌宕时代的捷克作家（中译本前言）/ 徐伟珠　/ 1

严密监视的列车 / 1
小汽车 / 59
中老年舞蹈班 / 115

记忆，阅读，另一种目光

(总序)

高兴

昆德拉说过："人的一生注定扎根于前十年中。"我想稍稍修改一下他的说法："人的一生注定扎根于童年和少年中。"童年和少年确定内心的基调，影响一生的基本走向。

不得不承认，二十世纪五六十年代出生的人都有着不同程度的俄罗斯情结和东欧情结。这与我们的成长有关，与我们的童年、少年和青春岁月有关。而在那段岁月中，电影，尤其是露天电影又有着怎样重要的影响。那时，少有的几部外国电影便是最最好看的电影，它们大多来自东欧国家，几乎吸引了所有人的目光，是我们童年的节日。在某种意义上，甚至可以说，它们还是我们的艺术启蒙和人生启蒙，构成童年最温馨、最美好和最结实的部分。

还有电影中的台词和暗号。你怎能忘记那些台词和暗号。它们已成为我们青春的经典。最最难忘的是《瓦尔特保卫萨拉热窝》。"'空气在颤抖,仿佛天空在燃烧。''是啊,暴风雨来了。'""看,这座城市,它就是瓦尔特。"简直就是诗歌。是我们接触到的最初的诗歌。那么悲壮有力的诗歌。真正有震撼力的诗歌。诗歌,就这样和英雄主义和浪漫主义,紧紧地连接在了一道。

还有那些柔情的诗歌。裴多菲,爱明内斯库,密茨凯维奇。要知道,在二十世纪七八十年代,读到他们的诗句,绝对会有触电般的感觉。而所有这一切,似乎就浓缩成了几粒种子,在内心深处生根,发芽,成长为东欧情结之树。

然而,时过境迁,我们需要重新打量"东欧"以及"东欧文学"这一概念。严格来说,"东欧"是个政治概念,也是个历史概念。过去,它主要指波兰、捷克斯洛伐克、匈牙利、罗马尼亚、保加利亚、南斯拉夫、阿尔巴尼亚七个国家。因此,在当时,"东欧文学"也就是指上述七个国家的文学。这七个国家,加上原先的东德,都曾经是以苏联为首的华沙条约组织的成员。

一九八九年底,东欧发生剧变。此后,苏联解体,华沙条约组织解散,捷克和斯洛伐克分离,南斯拉夫各共和国相继独立,所有这些都在不断改变着"东欧"这一概念。而实际情况是,波兰、捷克、匈牙利、罗马尼亚等国家甚至都不再愿意被称为东欧国家,它们更愿意被称为中欧或中南欧国家。同样,不少上述国家的作家也竭力抵制和否定这一概念。在他们看来,东欧是个高度政治化、笼统化的概念,对文学定位和评判,不太有利。这是一种微妙的姿态。在这种姿态中,民族自尊心也发挥着不可估量的作用。

但在中国,"东欧"和"东欧文学"这一概念早已深入人心,有广泛的群众和读者基础,有一定的号召力和亲和力。因此,继续使用"东欧"和"东欧文学"这一概念,我觉得无可厚非,有利于研究、译介和推广这些特定国家的文学作品。事实上,欧美一些大学、研究中心也还在继续使用这一概念。只不过，今日，当我们提到这一概念，涉及的就不仅仅是七个国家，而应该包含更多的国家：立陶宛、摩尔多瓦等独联体国家，还有波黑、克罗地亚、斯洛文尼亚、塞尔维亚、黑山等从南斯拉夫联盟独立出来的国家。我们之所以还能把它们作为一个整体来谈论，是因为它们有着太多的共同点：都是欧洲弱小国家，历史上都曾不断遭受侵略、瓜分、吞并和异族统治，都曾把民族复兴当作最高目标，都是到了十九世纪末二十世纪初才相继获得独立，或得到统一，第二次世界大战后都走过一段相同或相似的社会主义道路，一九八九年后又相继推翻了共产党政权，走上了资本主义发展道路。之后，又几乎都把加入北约、进入欧盟当作国家政策的重中之重。这二十年来，发展得都不太顺当，作家和文学都陷入不同程度的困境。用饱经风雨、饱经磨难来形容这些国家，十分恰当。

　　换一个角度，侵略，瓜分，异族统治，动荡，迁徙，这一切同时也意味着方方面面的影响和交融。甚至可以说，影响和交融，是东欧文化和文学的两个关键词。看一看布拉格吧。生长在布拉格的捷克著名小说家伊凡·克里玛，在谈到自己的城市时，有一种掩饰不住的骄傲："这是一个神秘的和令人兴奋的城市，有着数十年甚至几个世纪生活在一起的三种文化优异的和富有刺激性的混合，从而创造了一种激发人们创造的空气，即捷克、德国和犹太文化。"①

　　克里玛又借用被他称作"说德语的布拉格人"乌兹迪尔的笔为我们描绘了一个形象的、感性的、有声有色的布拉格。这是一个具有超民族性的神秘的世界。在这里，你很容易成为一个世界主义者。这里有幽静的小巷、热闹的夜总会、露天舞台、剧院和形形色色的小餐馆、小店铺、小咖啡屋和小酒店。还有无数学生社团和文艺沙龙。自然也有五花八门的妓院和赌场。布拉格是敞开的，是包容的，是休闲的，是艺术的，是世俗的，有时还是颓废的。

---

① 见伊凡·克里玛《布拉格精神》第44页，崔卫平译，作家出版社1998年版。

布拉格也是一个有着无数伤口的城市。战争、暴力、流亡、占领、起义、颠覆、出卖和解放充满了这个城市的历史。饱经磨难和沧桑,却依然存在,且魅力不减,用克里玛的话说,那是因为它非常结实,有罕见的从灾难中重新恢复的能力,有不屈不挠同时又灵活善变的精神。如果要用一个词来形容布拉格的话,克里玛觉得就是:悖谬。悖谬就是布拉格的精神。

或许悖谬恰恰是艺术的福音,是艺术的全部深刻所在。要不然从这里怎会走出如此众多的杰出人物:德沃夏克,雅那切克,斯美塔那,哈谢克,卡夫卡,布洛德,里尔克,塞弗尔特,等等。这一大串的名字就足以让我们对这座中欧古城表示敬意。

布拉格如此,萨拉热窝、华沙、布加勒斯特、克拉科夫、布达佩斯等众多东欧城市,均如此。走进这些城市,你都会看到一道道影响和交融的影子。

在影响和交融中,确立并发出自己的声音,十分重要。不少东欧作家为此做出了开拓性和创造性的贡献。我们不妨将哈谢克和贡布罗维奇当作两个案例,稍加分析。

说到捷克作家哈谢克,我们会想起他的代表作《好兵帅克》。以往,谈论这部作品,人们往往仅仅停留于政治性评价。这不够全面,也容易流于庸俗。《好兵帅克》几乎没有什么中心情节,有的只是一堆零碎的琐事,有的只是帅克闹出的一个又一个的乱子,有的只是幽默和讽刺。可以说,幽默和讽刺是哈谢克的基本语调。正是在幽默和讽刺中,战争变成了一个喜剧大舞台,帅克变成了一个喜剧大明星,一个典型的"反英雄"。看得出,哈谢克在写帅克的时候,并没有考虑什么文学的严肃性。很大程度上,他恰恰要打破文学的严肃性和神圣感。他就想让大家哈哈一笑。至于笑过之后的感悟,那就是读者自己的事情了。这种轻松的姿态反而让他彻底放开了。借用帅克这一人物,哈谢克把皇帝、奥匈帝国、密探、将军、走狗等等统统给骂了。他骂得很过瘾,很解气,很痛快。读者,尤其是捷克读者,读得也很过瘾,很解气,很痛快。幽默和讽刺于是又变成了一件有力的武器,特别适用于捷克这么一个弱小的民族。哈谢克最大的贡献也正在于此:为捷克民族和捷克文学找到了一种声音,确立了一种传统。

而波兰作家贡布罗维奇与哈谢克不同,恰恰是以反传统而引起世人瞩目的。他坚决主张让文学独立自主。在二十世纪三四十年代,贡布罗维奇的作品在波兰文坛显得格外怪异离谱,他的文字往往夸张扭曲,人物常常是漫画式的,他们随时都受到外界的侵扰和威胁,内心充满了不安和恐惧,像一群长不大的孩子。作家并不依靠完整的故事情节,而是主要通过人物荒诞怪僻的行为,表现社会的混乱、荒谬和丑恶,表现外部世界对人性的影响和摧残,表现人类的无奈和异化以及人际关系的异常和紧张。长篇小说《费尔迪杜凯》就充分体现出了他的艺术个性和创作特色。

捷克的赫拉巴尔、昆德拉、克里玛、霍朗,波兰的米沃什、赫贝特、希姆博尔斯卡,罗马尼亚的埃里亚德、索雷斯库、齐奥朗,匈牙利的凯尔泰斯、艾什特哈兹,塞尔维亚的帕维奇、波帕,阿尔巴尼亚的卡达莱……如此具有独特风格和魅力的当代东欧作家实在是不胜枚举。

某种程度上,东欧曾经高度政治化的现实,以及多灾多难的痛苦经历,恰好为文学和文学家提供了特别的土壤。没有捷克经历,昆德拉不可能成为现在的昆德拉,不可能写出《可笑的爱》《玩笑》《不朽》和《难以承受的存在之轻》这样独特的杰作。没有波兰经历,米沃什也不可能成为我们所熟悉的将道德感同诗意紧密融合的诗歌大师。但另一方面,需要注意的是,由于语言的局限以及话语权的控制,东欧文学也极易被涂上浓郁的意识形态色彩。应该承认,恰恰是意识形态色彩成全了不少作家的声名。昆德拉如此。卡达莱如此。马内阿如此。赫尔塔·米勒亦如此。我们在阅读和研究这些作家时,需要格外地警惕。过分地强调政治性,有可能会忽略他们的艺术性和丰富性。而过分地强调艺术性,又有可能会看不到他们的政治性和复杂性。如何客观地、准确地认识和评价他们，同样需要我们的敏感和平衡。

一个美国作家，一个英国作家，或一个法国作家，在写出一部作品时，就已自然而然地拥有了世界各地广大的读者，因而，不管自觉与否，他，或她，很容易获得一种语言和心理上的优越感和骄傲感。这种感觉东欧作家难以体会。有抱负的东欧作家往往会生出一种紧迫感和危机感。他们要用尽全力将弱势转化为优势。昆德拉就反复强调，身处小国，你"要么做一个可怜的、眼光狭窄的人"，要么成为一个广闻博识的"世界性的人"。别无选择，有时，恰恰是最好的选择。因此，东欧作家大多会自觉地"同其他诗人，其他世界，和其他传统相遇"（萨拉蒙语）。昆德拉、米沃什、齐奥朗、贡布罗维奇、赫贝特、卡达莱、萨拉蒙等等东欧作家都最终成为"世界性的人"。

关注东欧文学，我们会发现，不少作家，基本上，都在出走后，都在定居那些发达国家后，才获得一定的国际声誉。贡布罗维奇、昆德拉、齐奥朗、埃里亚德、扎加耶夫斯基、米沃什、马内阿、史克沃莱茨基等等都属于这样的情形。各种各样的原因，让他们选择了出走。生活和写作环境、意识形态原因、文学抱负、机缘等，都有。再说，东欧国家都是小国，读者有限，天地有限。

在走和留之间，这基本上是所有东欧作家都会面临的问题。因此，我们谈论东欧文学，实际上，也就是在谈论两部分东欧文学：海外东欧文学和本土东欧文学。它们缺一不可，已成为一种事实。

在我国，东欧文学译介一直处于某种"非正常状态"。正是由于这种"非正常状态"，在很长一段岁月里，东欧文学被染上了太多的艺术之外的色彩。直至今日，东欧文学还依然更多地让人想到那些红色经典。阿尔巴尼亚的反法西斯电影，捷克作家伏契克的《绞刑架下的报告》，保加利亚的革命文学，都是典型的例子。红色经典当然是东欧文学的组成部分，这毫无疑义。我个人阅读某些红色经典作品时，曾深受感动。但需要指出的是，红色经典并不是东欧文学的全部。若认为红色经典就能代表东欧文学,那实在是种误解和误导,是对东欧文学的狭隘理解和片面认识。因此,用艺术目光重新打量、重新梳理东欧文学已成为一种必须。为了更加客观、全面地翻译和介绍东欧文学,突出东欧文学的艺术性,有必要颠覆一下这一概念。蓝色是流经东欧不少国家的多瑙河的颜色,也是大海和天空的颜色,有广阔和博大的意味。"蓝色东欧"正是旨在让读者看到另一种色彩的东欧文学,看到更加广阔和博大的东欧文学。

二〇一三年十月三十一日定稿于北京

主编简介:高兴,诗人、翻译家,一九六三年出生于江苏省吴江市。中国作家协会会员。现为中国社会科学院外国文学研究所研究员,《世界文学》主编。曾以作家、翻译家、外交官和访问学者身份游历过欧美数十个国家。出版过《米兰·昆德拉传》《东欧文学大花园》《布拉格,那蓝雨中的石子路》等专著和随笔集;主编过《二十世纪外国短篇小说编年·美国卷》(上、下册)、《伊凡·克里玛作品系列》(5卷)、《水怎样开始演奏》、《诗歌中的诗歌》、《小说中的小说》(2卷)等大型图书。主要译著有《梵高》《黛西·米勒》《雅克和他的主人》《可笑的爱》《安娜·布兰迪亚娜诗选》《我的初恋》《索雷斯库诗选》《梦幻宫殿》《托马斯·温茨洛瓦诗选》等。

见证跌宕时代的捷克作家

（中译本前言）

徐伟珠

博胡米尔·赫拉巴尔（1914—1997）是捷克二十世纪划时代的传奇作家，属于捷克文学在国外的符号。他历经和见证了二十世纪捷克历史的跌宕起伏，始终着笔于波希米亚本土和生活其中的普通人，他描写的边缘人的故事以及凸显的时代性主题，以其超凡的想象力和诗意被全球读者所理解和认同。

一九九七年二月三日赫拉巴尔去世，捷克所有报纸都不约而同对此消息作了报道，这种殊荣对一个作家而言，在捷克绝无仅有。这位文学巨擘身上附有太多别具一格的标签：

从小在继父啤酒厂长大的羞怯男孩，自行设计并义无反顾地践行"人工命运"理论，摒弃法学博士学历，选择去克拉德诺炼钢厂当工人，租住在布拉格郊外废弃车间改成的大杂院里,和哲学作家蓬迪、版画家波德尼克切磋先锋艺术和哲学思潮,与茨冈人相邻二十年,从事各种底层的职业,在喧嚣的啤酒馆流连忘返,在科尔斯克乡间别墅追忆往昔,回归自然。

赫拉巴尔的创作历程,其本质是与二十世纪四五十年代欧洲的文学潮流息息相通的:反讽的超现实主义、存在主义、写实主义、质朴的诗学等。他以精悍的短篇小说起家,以特殊的文学风格在卑微平凡的日常生活里捕捉诗意的片断,随后的中、长篇故事则展露出作者深邃的思想和哲学观、复杂的表述与叙事构架。

"布拉格之春"之前的六十年代,捷克斯洛伐克的政治氛围出现缓和,文学和艺术领域迎来空前的自由和繁荣,也为实验性创作开启了空间。这时期赫拉巴尔的作品呈爆炸式络绎推出,那些在抽屉里尘封已久的写于五十年代的文字一一面世,此中篇集由赫拉巴尔于上个世纪六十和七十年代推出的三部中篇组成,属于作家鼎盛时期的创作,它展示了三个迥异的捷克历史时期和生活其中的中欧人的命运际遇:弗兰茨·约瑟夫一世的奥匈帝国时代,第二次世界大战,一九六八年"布拉格之春"后的正常化。

《中老年舞蹈班》(1964)是超现实主义的经典之作,由一个绵延不断的长句构成的非常规的创意作品,发行量令人难以置信地达五十万册。

它由一九四九年创作的短篇《一个老兵的忧患》改写而成,一位无名老者的独白,为取悦和指教年轻的卡米拉小姐,讲述自己一生的故事和恋爱经历,追忆逝去的岁月。主人公原型为赫拉巴尔的大伯贝宾,小说源源不断的"叙说流"——巴比代尔的叙事风格,多样的实验性文学探索和屡试不爽的创作手法——剪切、拼装、离奇的排序和生成的联想令人瞠目。作者充分调动自己熟悉的主题领域——啤酒馆轶事,性欲,本能,历史哲学和底层平民对政治的理解,各类至理名言和道听途说的对话，凭借丰富联想把职场经历、情爱冒险、生活见地或者梦的场景串联起来，激情叙述生活变幻的美丽和无穷魅力。

　　捷克人自己坦言，这本小说是无法转译成其他文字的，其特殊的写作风格，对阅读本身就构成挑战，冗长的句子跨越几个页面，通篇逗号，没有断句；奥匈帝国时期的俚语，不规范的德语词，简约的聊谈加上五花八门的故事和思考掺杂其中，读者不免产生难以捉摸、困惑甚至沮丧之感；完全不相干的情节，如同思绪的马赛克，在大脑里一幕幕快速交替，没有铺垫，扑面而来。

　　《严密监视的列车》（1965）是作者回归传统叙事模式的一部作品，故事源自作者的亲身经历。一九三九年"二战"初期，捷克斯洛伐克沦为纳粹德国的保护国。同年秋天一场声势浩大的学生反纳粹游行之后，纳粹随即关闭了捷克的高校。赫拉巴尔带着法学院八学期的肄业证书回到家乡宁布尔克小城，在当地火车站任列车调度员，为日后创作作了铺垫。作家将一个简单的场景，发生在沉闷无聊的小车站往女电报员臀部上盖满邮戳的逸闻，改写和重塑为一部结构紧凑的"二战"主题的经典中篇。

　　年轻的站台实习调度员米洛什·赫尔马，生性敏感、脆弱，因与女友、列车员玛莎第一次性爱尝试失败，在无名酒店的浴缸里割脉自杀，所幸获救——此时"二战"已处于尾声，历史走向高潮。米洛什重返车站值班室，在绯闻缠身的调度员胡比齐卡手下实习，关注定期往返于前线的运送物资和士兵的德国列车。小说传神地描写了胡比齐卡的乖张老练，为鸽子和晋升"督察"魂牵梦萦的车站站长，英姿飒爽的女伯爵等人物。在阴郁的战争氛围里，抵抗活动联络员维多利亚在一个夜间现身车站值班室——她带来了摧毁严密监视的军用运输专列的炸药，在这个特殊的夜晚米洛什拥有了成功的性爱体验。他毅然承担起炸毁德国军列的行动。翌日凌晨，他爬上信号灯桅杆往行驶的军列投掷下那枚炸弹,自己却在执行任务时跟德国士兵对射而亡,历史的车轮在边际命运的轨道上一路呼啸而去。在生命即将结束的那一刻米洛什似乎参悟到生命的真谛。

以无足轻重的小人物视角来描写战争末期宏大的主题,一个懵懂男孩过渡为成熟男子的过程跨越,将战争间接地体现于诸多细节,呈现在超现实主义的调色板上,从而凸显普通平民的生活怎样遭受无情战争的干预……诗意的场景描写跃动在字里行间。看似传统叙事民谣风味的故事,却保留了赫拉巴尔所有的风格属性,幽默、对立的场景剪辑、无处不在潜伏的性。

同名电影荣膺一九六七年奥斯卡最佳外语片奖。

"布拉格之春"运动后至一九七六年,赫拉巴尔的作品遭禁又被解禁。这时期作家退出公共事务和社会活动,携妻子退隐到两人在几年前买下的科尔斯克乡间别墅,紧挨故乡宁布尔克、宁静的林区和潺潺流淌的易北河,周边是善意的邻居,这是他一直在寻觅的写作之地。生活在群猫惬意的包围之中,赫拉巴尔的创作进入全盛阶段。

《小汽车》(又名《不穿燕尾服的生活》)(1975)出自这个时期。作家悉心描述他与猫咪们在科尔斯克林区的生活场景,他每天不辞辛苦搭乘公交车到那座林中小屋去看望他的猫咪,给它们捎去牛奶、香肠和肉。猫咪们期盼和依恋他,每天上午十一点会奔向汽车站去迎接,大老远就欣喜地认出主人来。因为工作关系作者必须时常回布拉格,在布拉格的日子里,尤其黎明时分,因为心有牵挂而无眠,并梦魇不断,被亡猫的噩梦纠缠。冬天他担心猫咪们冻死,被猎人射杀,但开春后猫咪又过盛繁衍,他只得决定消灭几只,把小猫装入编织袋往白桦树干上一抡。一天,家里出现一只小公猫,小猫的皮毛颜色跟作者的车座皮套相同,他取名为"小汽车"。与猫咪们难分难舍的同时,那些死去的爱猫们始终困扰作者,直到遭遇一场车祸之后他的愧疚与悔恨得以消失。冬日的科尔斯克池塘一只天鹅冻结在冰面上,作者束手无策,无法施救,第二天池塘的天鹅冻死了。这件事让他开始理解自己的生活。作者以自然主义的手笔描绘自然的一切,阅读时颇难理解。

在生命的最后几年,赫拉巴尔孤身一人,妻子去世,没有孩子,在乡间别墅他消磨越来越多的时间,至少猫咪们为他提供最温馨的群体温暖。

赫拉巴尔的作品风格各异,无以比拟。其小说似乎缺乏时空感,但用心阅读后却发现,作品呈现的人类性格和命运证词适用于所有历史时期,而在当时的时空画面中却又是独一无二的。他的每一部作品都带着民族和时代的独特印记,具有恒久的意义和效力。他无比熟悉普通人的生活环境和习俗习惯。他是那些在想象中写作的沙龙文学的悖反与对立。他丰富的阅历使他的写作素材取之不尽,运用的对话语言也贴切着小说人物的身份,通俗甚至粗鲁的俚语取得真实的效果。他始终准确、敏感地关注着事态,尽管小说以直接引语和第一人称叙述居多,但在所有事件后面我们时刻感受到关注者的立场和视角。

赫拉巴尔的作品彰显明确的自传体特征,汲取于真实的日常平庸和多样的生活经历,以卓越的想象力和幻想转化为怪诞、夸张和喜剧,同时不匮乏怀疑和黑色幽默。他秉承捷克文学的幽默特质,善意的自嘲和反讽,以其人道主义的创作跻身世界文学大师之列。虽然他使用小众的捷克语进行写作,然而作品的深厚内涵和精神高度俘获了不分国界的众多读者。

这位毕生研读《道德经》的东欧作家,让我们汲取这样的精神:你可能生活在底层,但精神却超凡脱俗;在艰难的境遇和强硬的制度下依然可以有尊严地活着,就如同那些草根族巴比代尔们。

广东花城出版社"蓝色东欧"丛书奉献给读者不一样的阅读,让我们尝试用"灵感的钻石孔眼"来透视生活,看到现实的诗意和美景,理解平凡生命的意义。

严密监视的列车

一九四五年这一年，德国人已然控制不了我们这个小镇的领空，更不要提整个州、整个国家了。飞机一次又一次的俯冲，扰乱了正常交通，造成本应该朝至的列车中午才到达，午时的列车推迟到傍晚，而傍晚的车则夜里才露面。有时甚至会出现这样的情况：当天下午的客车按时刻表准点进站了，一看，却是误点了四个小时的上午的普快。

前天，在我们小镇的上空，敌人的歼击机击中了一架德国战机的一叶侧翼，机身随后燃烧起来，一头坠落到田野里。而那一叶机翼脱离机身时，一堆螺栓和螺母被连带扯下来，噼里啪啦掉到广场上，在下落过程中还啄到了几个妇女的脑袋。机翼在小镇的上空滑翔，人们纷纷从家里跑出来看热闹，眼见它吱吱扭扭，飘飘摇摇到了广场上方，广场两边酒馆里的客人也都涌出来了。机翼的投影在广场掠过，人们忙得不亦乐乎，追随着它从广场的这一头跑到那一头。机翼像一个巨大的钟摆似的来回摇晃，驱赶着人群不停地向着它可能坠落的方向奔跑，这时它发出越来越响的轰鸣声和歌唱一般的噪音，最后急遽一滑，一下子栽进了教长的花园里。

五分钟后，围观和追逐的人一拥而上，开始卸下机翼上的钢板和金属片，往家里拖，第二天它们就会出现在那些人家的兔舍或鸡窝顶棚上。一位市民下午就迫不及待地从拉回的战利品上绞下一块，晚上，一副摩托车的挡风护膝便横空出世了。机翼很快被瓜分一空，连那架掉在城外雪野里的帝国飞机的机身也未能幸免，没多大功夫，机身上的盖板和零件也消失得无影无踪。

我是在飞机坠落半小时之后，骑着自行车赶去的。一路上尽碰上满载而归的人们，很难猜想那些东西能派上什么用场。我继续往前蹬，想尽快亲眼一睹那架破损的飞机。我讨厌这些追逐蝇头小利的人们，我对这些零碎杂物向来是不屑一顾的!

雪地上被踩出了一条小道，直指向那架黑色的残骸。我的父亲走来了，手里拿着一件银色的"乐器"，他面带微笑向我抖了抖手里的银色管子。不错，这是飞机上的汽油管。晚上我回家后才知道，父亲为什么对获得这件猎物喜不自胜。

他把管子以等长的距离截断，抛光，然后在这六十节锃亮的管子旁边摆上了他的专利自动铅笔，那支笔的笔芯可以来回伸缩。我的父亲无所不能，世界上任何一样事情都难不倒他那双巧手。父亲以前是个机车司机，二十岁起就开始跟机器打交道，四十八岁那年退休，这些年来他不辞辛苦兼着双份工。市民们对父亲一肚子的妒忌，尤其当认为父亲在这个世界上起码还能活上二三十年，他们嫉恨得简直不能自持。

父亲比那些上班族都起得早，他四处奔波，搜罗那些螺钉、马蹄铁和公家仓库废弃的零配件，拿回家堆放在杂物间和阁楼上，弄得家里跟废铁收购站没有什么两样。别人淘汰的旧家具父亲也会捡回来，我们这个三口之家，居然有五十把椅子、七张桌子、九个长沙发和数不清的柜子、洗手盆以及坛坛罐罐。父亲依然不满足，他会骑上自行车去郊外或者更远地方的废铁堆里翻找，晚上硕果累累地回家。在他眼里，什么东西最终都能派上用场，也的确如此。比如有人寻找市面上已不再生产的某个零件，如汽车、磨碎机或打谷机的配件，实在没着落的话，来我们家准能找到。父亲略一思忖，凭着印象走到阁楼或杂物间，或者去院子里的杂物堆里扒拉几下，不一会儿就会抽出一样东西来，那物件正是对方迫切需要的。所以父亲常常是铁星期日①的主角。当他推着他那些零碎杂物往车站去的途中，在绕过院子大门口时总会撒落下一些宝贝，而邻居们并不领情，究其根源也许还跟我的曾祖卢卡西有关系。

曾祖从十八岁起就每天享用一个金盾②的抚恤，共和国时期③改为克朗。曾祖生于一八三〇年，一八四八年参军当了击鼓手，参加了查理大桥的战斗。双方交战时，学生们往士兵身上扔石块，石块不幸击中了曾祖的膝盖，导致他终身残疾，从此享受抚恤。他每天用那个金盾买一瓶罗姆酒和两盒烟，他可不待在家里消受这些东西，而是一瘸一拐穿行在大街小巷，去田野里招摇。他最爱去苦力们干活的地方，一边惬意地呷着酒，抽着烟，一边对那些卖力气的人们发出冷嘲热讽。曾祖每年都会被打得鼻青眼肿，由祖父用三轮车拉回家来。没等伤口好利索，曾祖又神气活现地四处去跟人比试谁的日子过得滋润，让人忍无可忍，对他报以一顿拳脚。

奥匈帝国瓦解后，曾祖领了七十年的金盾废除了，共和国发给的退休金已供不起他每日奢侈的消费，可是每年他照样被人打得不省人事，因为他居然用以前享受的那七十年去气人。一九三五年，曾祖跑到了一个将要停业的采石场，跟一群石匠吹嘘自己，这一次匠人们下手过狠，他再也没能醒过来。据医生讲，曾祖本来笃定还能活上二十年。

---

① 圣诞节前第三个星期日，主要为购物节。第二个星期日称为银星期日，最后一个为金星期日。

② 奥匈帝国时期的货币单位。

③ 指1918年的捷克斯洛伐克第一共和国。

在我们这个小镇，没有哪一家像我们家这样招人妒恨的。我的爷爷，万变不离其宗，在一个小马戏团里当催眠师。在全镇人的眼里，催眠术只不过是他好逸恶劳的幌子罢了。然而在三月份，当德国人越过边境，企图侵占我们的国家，并向布拉格大举推进的时候，唯独爷爷挺身走了出来，唯独爷爷，一个催眠师，朝德国人无畏地迎面走去，企图用自己的意念阻止隆隆行进中的坦克。他走在公路上，双目直视第一辆坦克，坦克机舱齐腰站着一个帝国战士，头戴骷髅骨交叉的黑色贝雷帽，爷爷径直冲这辆坦克走去，双臂前伸，两眼迸发着意念：掉头，回去……果然，第一辆坦克停下来了，整个队伍都停下了脚步。爷爷的指头触到了坦克，他不停歇地发射着意念：掉头，回去；掉头，回去；掉头……一个中尉挥动小旗，打出信号，坦克又驱动起来，爷爷伫立着一动不动，坦克驶过他的身子，碾断了他的头颅。自此，帝国的军队在前进途中再没有遇到任何阻碍。

爸爸出门去寻找爷爷被碾掉的脑袋。那断送爷爷性命的第一辆坦克，就停在布拉格城边，等着起重机前来拖走，爷爷的脑袋就嵌在那几条履带之间。伤心欲绝的爸爸恳求德国人转动一下履带，让他取回爷爷的脑袋，日后和爷爷的躯体一起下葬，这是作为一个基督徒最本分的要求。

自此，我们那个地方的居民们开始吵得不可开交。一派叫嚣说我爷爷有神经病！另一派则不肯苟同，说如果所有人都像我爷爷那样勇敢地挺身而出，与手持武器的德国人针锋相对，指不定德国人的结局会怎样呢？

那时候我们家还住在城外，后来才搬进了城里。而我却早已习惯了孤独，随着车子越驶近城市，我感觉眼前的世界越发变得狭小。所以每次只有在出城的时候，我才会稍稍松一口气，而返回城里时，一走过桥,随着街道和小巷越来越狭窄,我自己也会不知不觉跟着狭窄起来。我总有一种挥之不去的感觉,过去,现在和将来都有,仿佛每一扇窗户后至少有一双眼睛在窥视我。这时候如果有人喊我的名字,我的脸马上会涨红起来,因为我觉得每个人都不怎么喜欢我,在他们眼里,我三个月前割腕轻生的行为纯属无事生非!只有我自己知道,我这么做是有原因的,我也清楚原因所在,我只是担心那些看我的人胡乱猜忌,所以我感觉在每扇窗户后都掩着一双眼睛。唉!一个二十二岁的男孩能想到什么呢?我会想,全城的人之所以盯着我,一定以为我割脉是为了逃避劳动,这样,他们就得替我去干我的那一份活儿,就如同他们替我的曾祖卢卡西、我的催眠师爷爷威廉还有我的爸爸干活那样,爸爸之所以在机车上做了二十五年司机,就为了以后什么活也不用干。

这一年,德国人对我们这个小城的领空已经失去控制。当我沿着小道一路飞驰到机骸跟前时,旷野上的雪晶莹剔透,每一颗雪粒的晶体里,仿佛都有一根细细的秒针在滴答作响。雪在直泻而下的阳光里迸射出各色光彩。我听见滴答声,不光来自雪粒,还来自别的什么地方。我的手表在我的手腕上清晰地走着,除此之外,另一个滴答声传入耳中,它来自那架飞机,来自那堆残骸。机舱仪表的时针果然走着,甚至跟我的手表一比,分秒不差。然后我看到,机舱底部一只手套反射着阳光,我觉得它不是孤立的,它在人的手上,而那只人手也不是孤立的,它连着臂,臂连着人体,而那个人一定在这堆残骸之下。我使出全身的力气蹬上自行车往回奔,我的四周全是滴答作响的秒针,反射着刺眼的阳光。远处的铁轨上,一列货车在急驰,发出快乐的轰隆声。这是一列从莫斯特盆地①返回的煤车,时速肯定达到一百四十转轮轴,嵌在整列火车中央的制动滑块灼得化开了,金属滴落到了轨道上,然而帝国机车头拖着这节挂车欢快地一路远去。

明天我将站在我们车站的双轨线上开始值守。在车站的列车时刻表上,所有自西往东行驶的火车都以奇数标注,自东往西的火车则标为偶数。

三个月后我重新上阵指挥交通,依然回到火车站上班。两条主轨道经过那里:由西往东的那条连续轨道被称作一号线,另一条反方向的连续轨道被称作二号线。一号线右侧的所有轨道标为奇数,三、五、七等;二号线右侧的所有轨道标为偶数,四、六、八、十等。当然这是我们铁路职工的术语,这种标法在外行人眼里不知所云,站台边的第一条轨道是五号线,第二条是三号线,第三条是一号线,第四条是二号线……

明天一早我将穿上制服:黑裤子蓝衬衣,披风的黄铜纽扣早已被妈妈用抛光剂擦得锃亮,把漂亮的衣领一系。披风领口处绣着和制服同样的标记,车站职员瞄一眼就知道了我的职位等级。领口的那粒中学生纽扣告诉别人我已经获得高中毕业文凭,那颗用金线绣制的美丽小星表明我铁路见习生的身份。领子上最好看的要数那熠熠闪烁的徽章,用紫色和蓝色的金属片嵌成带翅膀的车轮,形似金色的海马。明天晨光熹微时分我走出门,妈妈会一动不动站在窗帘后边,目送我远去。我走过的每一扇窗子后边,都会站着一个人,他们像妈妈那样,手扶窗帘注视着我。我拐向河边,一踏上这条小路,就会像往常那样,长长地舒出一口气。我不喜欢搭火车上班,沿着河岸这样漫步令我心情舒畅,因为这里没有窗户,没有陷阱,没有针刺一样的目光扎

---

① 捷克北部煤矿。

向我的后脑勺。

车站值班室还是老样子,跟我离开时没有什么变化。在我眼里,调度列车的操作台始终像一架巨大的阿里斯顿留声机或者福布斯游戏机柜。电报桌靠窗摆放,放眼窗外,可望见五公里长的一条土路,一长溜已有些年头的苹果树镶嵌两旁,土路尽头是金碧辉煌的金斯基公爵庄园。今天早上,当旭日初升时,庄园二层以下的建筑罩没在雾霭之中,庄园看上去像被一条金链子悬挂在空中。

桌上有三台电报机,还是西门子—哈尔斯克公司半个世纪以前的产品,外加三本电报记录簿。两部长途电话和三部站内电话总响个不停,值班室里充斥电报的咔咔声、电话柔和的铃声以及其他滴滴答答的呢喃之音,像个热闹的售鸟铺子。对着候车室的小窗,那吊在黄铜圈上的绿色窗幔一般都拉着,窗边是铁格柜子和车票日期的打孔机。调度员胡比齐卡对我的到来表示欢迎,紧接着告诉我说,我们俩将安排在一个班,三个月的病休让我需要重新接受培训。随后他佯装问时间,撩起了我的衣袖,眼睛并没有看我的手表,而直奔手腕处那愈合的疤痕。

我的脸腾地红了,转身装作去找自己的红色工作帽。帽子扔在衣柜里,蒙上了一层灰尘,帽顶上的鼠爪印清晰可见。沐浴着清冽的晨光,我刷起工作帽。鸽舍里,站长驯养的鸽子们发出咕咕的叫声,声声入耳。

车站后面是赛马道的栅栏,这条小型跑道一直通向大帕尔杜比采,因为金斯基公爵驯养的半纯种赛马不仅在大帕尔杜比采的比赛中夺魁,还在利物浦大赛上赢得了近百万英镑的奖金。这笔款在当时蔚为可观,公爵用它为全村人在我们车站后面修建了高端大气的电影院、剧院和音乐厅,可惜没能竣工,那里便沦落为谷物商铺——由罗马和希腊廊柱支撑起的世界上最美丽的粮仓,被人们沿用英国的方式称为"利物浦"……

准七点半钟,站长先生走进值班室。他的体重足有一百公斤,可是据女人们讲,他跳起舞来身子难以置信地轻盈。他的发式这样梳理:左侧的头发越过秃顶梳向右边,右侧的头发从耳边遮住秃顶拉向左边。然而,有时刚走到站台上,一阵风拂过,头发就会乱了阵脚,拱起一个歌特式的尖顶。

站长打开他办公室的门。谁也不会料想,这么一个不起眼小站的站长办公室,会布置得如此考究。波斯地毯上红色和蓝色的花骨朵令人满目生辉,三张土耳其奥斯曼软垫方凳散发出浓郁的东方情调,厚重的桃花心木办公桌掩映在肥硕的棕榈树下,树叶宛如小伞一般擎在威尼斯沙发椅上方。整个办公室给人的印象俨然就是站长先生的轿子,像教皇乘坐的那种。洛可可式柜子上摆着大理石自鸣钟,三个镀金球取代钟摆来回转动。每个听到钟鸣的人,都会情不自禁转过身去赞叹:这钟声真是悦耳动听啊!房间里还摆着一张办公长沙发,罩着巧克力色蜡麻布。墙上是一幅巨大的油画,画面是列车的火车头,缓缓驶出威尔逊车站①,往轨道和空中喷吐出蒸汽,火车腾云驾雾一般。这幅画让国家铁路的每一位职工陡然心生豪情,更不用提我们的站长先生本人了。他有两大人生目标:有朝一日被任命为国家铁路的督察,获得贵族头衔——玫瑰男爵兰斯基,因为他在考证祖先的过程中,发现自己沾一点点蓝色血统。这样一来,他便拥有了双重的蓝色血液,因为铁路工人也被人们称为"蓝色贵族"。

除此之外,站长先生有着很普通的爱好——养鸽子。二战前他训

---

① 布拉格中心火车站。

养过纽伦堡种鸽,翅膀上带黑白箭头的那种,他隔天清理鸽舍,换水,喂食。可后来看到德国人攻打和镇压波兰人的残酷暴行后,站长先生便不再放飞它们。在出差去州府赫拉德茨城之前,他吩咐车站的一个帮工逐个掐死了那些鸽子。一个星期后,他带回了波兰种鸽。这种鸽子长着好看的蓝色嗉子,翅膀极美,点缀着灰白色相间的三角形,像镶嵌在盥洗间的马赛克。

我站在轨道之间,感觉背后有一双关注的目光,转过身,透过地下室敞开的窗户,我捕捉到了站长夫人的眼睛。在黑暗中,她一边喂鹅一边望着我。我喜欢站长夫人,晚上她常来值班室坐一坐,手里钩织一块大台布,在无声的动作里,不一会儿她的指下出现一朵朵花儿和一只只鸟儿。她把图案书摊在电报桌上,不时附身扫一眼上面的图案,缠线的样子宛如边读乐谱边弹古琴。但每个星期五她都要宰兔子,从兔笼里拖出一只兔子来,两腿一夹,一把钝刀架到兔子的脖子上,费力地来回拉动,兔子发出惨烈的尖叫,持续很长一段时间,直到再也出不了声。站长夫人打量兔子的神情就像在打量手里钩织的一张大台布。她常说,只有这样,把兔子的血放净了,兔肉吃起来才鲜嫩美味。我已经预见她会如何来宰那只鹅。她像骑马那样骑到鹅背上,把橙色的鹅喙挽到脖子间,那动作就像合上一把水果刀。她先仔细揪去鹅顶的白毛,然后把鹅血滴到缸子里。鹅渐渐瘫软,直到脑袋耷拉下来,站长夫人身子后仰,坐到自己的脚后跟上。

"见习生赫尔马。"站长先生叫我了。

我走进值班室,敬礼,立正。

"见习生米洛什·赫尔马前来报到!"

"坐下,"站长说着从桌边站起来,棕榈叶搭到他的脑袋上。他在我面前停下脚步,红肿的双眼把我的制服上下扫描一遍,替我系上外套扣子,"嗯,赫尔马,你注意到没有,咱们这里的女电报员不见了。"

"兹登尼奇卡·斯瓦塔小姐!"我接口。

"斯瓦塔①……呵呵!"他接着气哼哼地问,"你在城里没有听到什么?"

"没有啊。出什么事了?"

"奇怪。难道对调度员先生的街谈巷议平息了?他可被说得神乎其神!连我们这个平静的无名小站也沾了他的光,出名了!"

"调度员胡比齐卡先生再次出名了?"我说,"我在多布罗维采车站实习时,是他指导我的,铁路沿线的女人都专程来找他……他和一个女的还弄坏了站长先生您的长沙发呢……"

"那张奥地利蜡麻布沙发?"站长瞪圆了双眼,"有这样的事?"

"没错。"

"米洛什,坐下来。"站长的态度和蔼起来了,他坐到我对面的一张凳子上,把一只手罩到自己耳朵上。

我凑到他的耳朵边说:"那天最后一班夜车也开走了。傍晚的时候就有一位打扮入时的女士一直坐在我们值班室,抽烟,喝葡萄酒。午夜时分,胡比齐卡对我说:'米洛什,虽然你还在实习期,但我信得过你,你替我两个钟头吧。'我就独自值班了。胡比齐卡把那位女士带进了站长办公室。我把耳朵贴在门上,只听见里边在说:美人儿,身体需要,身体需要啊……"

"这只毛茸茸的猪,猪猡!"站长腾地立起来,目光越过窗外俯身咕咕叫的鸽子,投向站台。站台上站着调度员胡比齐卡先生。

"我早点看透他的劣根秉性就好了!"站长吼起来。调度员把一

---

① 意为神圣的。

根手指塞进耳朵里,又拍了几下,好像耳朵里进水了。

"知人知面不知心哪,"我说,"但半夜一点钟,等那班运蔗糖的货车开过之后,我竖起耳朵,听见站长办公室发出挪棺材似的声音……接着砰一声巨响!我冲了进去,那个女的全身赤裸,仰躺在长沙发上,还叉着双腿!胡比齐卡穿着睡裤躺在地上,就像那些睡在教堂里挖圣墓的士兵。他对我说:'米洛什,不瞒你说,我从爱情的祭坛上掉下来了……'"

"那只斑鬣狗!"站长咬牙切齿地大骂,头抵窗框,两眼恶狠狠地盯着调度员。调度员站在站台上,双腿叉开,仰望天空。

"那个讨厌的女人在沙发上如何躺来着?"站长转过身来。

"如果您允许的话,我演示给您看。"说着我指了指沙发,一跃而起,在空中翻身,仰面倒了上去。

站长俯身厉色道:"他应该在候车室里和妓女们这样折腾,而不是在自己上司的沙发上!"

"因为站长的沙发只有站长自己坐才合适。"我接口道。

"连你都明白这一点,而那只蠢猪却目空一切!"他嗓门又高了。

我坐起身来,说:"站长先生,这还没完呢,您看!"我抓住站长的衣袖,引着他,"您看这个地方,整个都弯曲了……"

"他们弄折了沙发!"站长叫起来,"把站长的沙发断为两截,这些人简直无法无天了!眼里没有上帝,没有神话,没有寓言或象征!人在世界上孑然一身,所以为所欲为……但我不是这样!我眼中有上帝!而对面那个猪猡,眼里只有猪肉、馒头片加酸白菜①……"

站长闭上了嘴巴,呼哧呼哧直喘粗气,望着站台,望着调度员的背影。

---

① 捷克传统饭菜。

只一会儿他又骂上了:"这是个魔鬼。作为男人,他在十年前就该当上某个单轨小站的站长了,可是到如今他连一颗小星都没有。每当要提拔他,他就做出蠢事来,而我则步步为营。"

"我听说,您要被提升为国家铁路督察了。"

"我当之无愧。"

"哇,督察的徽章上不再是三颗小星,而是一颗大星呀!"我脱口惊呼起来。

"所以,米洛什,"站长已沉迷在幻想里,"榜样是现成的。"他打开柜子,取出一件新衬衣来,上面已赫然绣上了一颗宝石星点缀的徽章,"榜样就在你的面前,我在这里简直是明珠暗投啊。"

"铁路督察,他和军队里的少校是平级的,是不是?"

"是这样,米洛什。"站长给予肯定答复。

一号轨道上驶过一列长长的货车,全速行驶着,轮轴与铁轨撞击,发出深沉有节律的咔嚓声。站长小心翼翼地把衣袖和衣角往柜子里掖了掖,免得关门时卡住。然后他端起装有谷秕的小盒,推开窗子,波兰种的鸽子们飞进办公室,在空中追逐。一只鸽子坐到站长肩上,所有的鸽子都先后落到他身上,就像在一座石碑或者喷泉池的雕像上停歇。它们俯下头来,在他身上蹭来蹭去,对谷食反倒不怎么理会,一味沉浸在亲昵里,啄他的脸,动作那样温柔,像孩子们在撒娇似的。货车轰隆远去,这种过往列车发出的喧嚣声此起彼伏,从不间断,就像和平年代里夜行客车上灯火通明的四方形或者长方形的玻璃窗口。

"那么,调度员能和兹登尼奇卡做什么呢?"我问。

"兽行呗。"他努起嘴唇,冲鸽子们微微笑着,"畜牲都不会把事情搞得这么糟。可是米洛什,我已经不生气了,这件事已移交给赫拉德茨的纪律委员会,由他们处理了……简单跟你说吧,调度员胡比齐卡在值夜班时把兹登尼奇卡撂倒,撩起她的裙子,把咱们车站的戳一个个盖满了女电报员的屁股,连日期戳都没拉下!女电报员早上下班回到家,她母亲发现了那些戳印,就跑到车站来,说要去盖世太保那里投诉。所以,米洛什,我只好写了一份笔录报告。成何体统!女电报员马上被叫到了铁路总部,他们察看了那些戳印,连总管都亲自看了呢!多丢人!"站长一声吼叫,鸽子们从他张开的双臂纷纷惊落下来,拼命扇动翅膀以保持平衡。

车站对面,伯爵夫人金斯基骑着黑马,沿车站的护栏一路飞奔而来,她已从庄园返回了。疾驰时,她似乎和黑马融为了一体。站长先生披着满身的鸽子迎上站台,向越过轨道、策马向车站前来的伯爵夫人鞠躬致意。她轻轻一跃跳下马来,马裤在皮鞍上稍稍挂了一下。站长先生吻了吻她的手,披着满身的鸽子与伯爵夫人信步走起来。伯爵夫人倒不觉得意外,并不诧异,一边和站长交谈,一边还伸出手来逗弄鸽子。

调度员胡比齐卡目不转睛地盯着伯爵夫人。

"米洛什,你知道我在想什么吗?我真希望自己变成那个马鞍。"他指了指那匹黑马,吐了口唾沫。他笑起来,很诡秘地跟我说:"米洛什,我做了个好梦,梦见自己变成了马车,伯爵夫人亲自驾驭我,一起去了谷物商场。"他的眼睛又无耻地盯着伯爵夫人,盯着她迈动的双腿。她正和站长先生一起往谷物商场"利物浦"方向走去。站长先生一脸大惊小怪的样子,大概伯爵夫人告诉了他什么,弄得鸽子们都惊恐地飞离他的肩头,飞走了。伯爵夫人伸出手来,站长先生恭敬地吻了一下,然后想扶她上马镫,然而伯爵夫人摆摆手,一抬身跃上黑马,双腿瞬间岔开。调度员咂了咂嘴,脱口叹道:"真是个美臀妇哪。"又吐了口唾沫。

伯爵夫人从车站一路疾驰而去，那匹黑马在白雪的映衬下显得更加乌黑铮亮，而白雪在太阳照耀下，泛出粉红色的光来。调度员胡比齐卡把女人分为两大类：如伯爵夫人那样腰部以下有姿色的，归为美臀型；腰部往上乳房挺拔的，称为丰乳型。另外还有鲈鱼型、铁钩子型、鬃毛型等等。

站长先生气急败坏地跑到值班室门口，埋怨道：

"胡比齐卡，连金斯基伯爵夫人都耳闻你的好事了！"

他在门边转过身去，使劲捣着头，直接上楼梯进了厨房。在厨房里，他把椅子往地板上用力一墩，震得楼下值班室天花板上的墙皮索索往下掉。然后就听他对着天窗嚷开了：

"诅咒这个情色的世纪！到处是性泛滥！到处是色情刺激。少年和儿童爱上牧鹅少女！模拟色情读物和电影里的爱情悲剧！那些黄书淫画的作家、教唆犯和供应商应该被绳之以法！让年轻人变态的想象力见鬼去吧！既然他肢解了送奶女的尸体，将来会无所顾忌地肢解自己的堂姐妹。药店里展出的少妇侧身雕像，真人一般大小，小青年们的眼珠子都快掉出来了！画家的工作室让你误以为步入了人肉铺，食人兽呀！汽车后备箱里的女子躯干在寻找镶金牙的金发男子，他最后一次在皇冠快餐店①给她买了澳大利亚苹果。嘀！全是肉欲！赤裸裸的奸杀。被告席上应坐上那些无视性教育的老师们。道德沦丧和享乐主义越猖獗，摇篮就越少，棺材就越多！"站长先生的声音从楼上厨房的天窗里传到值班室来，都嘶哑了。

如此激昂陈词，一方面因为站长先生是布拉格救赎运动协会的会员，另外，伯爵夫人每次来订车皮往屠宰场送牲口时，总要谴责站长先生在信仰问题上的模棱两可。在她看来，一旦天主教会崩溃的话，

---

① 位于布拉格市中心。

那么离世界末日也就不远了。站长先生沿教堂散步的时候，如果身上穿的是制服，他就向教堂敬个礼，如果是便装的话，他会从头上摘下插有羽毛的绿色施瓦岑伯格礼帽，向教堂鞠躬致意，对着教堂轻声嘟囔上几句。

操作台叮当一声，红色按钮咔咔变为白色。我拔下操作台的钥匙，撒腿跑向站台，冲进信号控制室，火车头在进站口鸣着笛。站长先生从楼梯上走下来，神态若定，像什么事儿都没发生过似的。对着天窗的那通渲泄让他神清气爽，天窗俨然成为他的哭墙。据胡比齐卡说，他还经常冲自己妻子发脾气。他妻子出生在弗拉尔①一个屠夫家庭，可不是好惹的，如果站长先生折腾得太过分，这个本分的女人会顺手抄起身边的家伙朝他身上砸过去。有一次，在圣诞节前夕，站长又冲她吼叫起来，她一把把这个男人拽到卫生间里，狠狠扇了他一巴掌。他缩成一团，竟然摔进浴缸里，里边还游着准备圣诞节吃的鲤鱼呢。

站长先生一走进值班室，就觉察到了交通的异常。
"伙计们，怎么了？"他一脸慈祥，"有什么情况吗？"
"一个士兵站在了梢柱边。"胡比齐卡做了个鬼脸。
"那辆严密监视的列车？"站长瞪圆了双眼。
"那辆带三个惊叹号的。"我说。
"难道你们没读……"他指了指那个由帝国总代理签署的一项声明。
"读了。"胡比齐卡回答。

---

① 捷克城市。

"你们考虑了……?"

"考虑并且决定了。"胡比齐卡笑了起来。

"伙计们,这可以被定为消极怠工啊。"站长点着头,继续向站台走去。

严密监视的军事运输机车里,洪齐克工程师脸色煞白,作为交通局的负责人,这次他亲自押车去利博赫①接手这辆军列,现在他像人质似的站在那里,翻了翻眼睛,十指交叉,紧贴机车窗口站着,他指了指车站的窗和门,对我们给他惹的岔子愤愤不平。

站长先生敬了礼,我也走近轨道敬礼。机车停下来,从车上走下两个瘦长条的党卫军,手握自动手枪,他们打量了一下我头上的红帽子,我脚跟一并,举手敬礼。然而两人一边一个用枪口顶着我的肺叶,我不由得踏上登梯上了机车,火车开动起来。我心生奇怪,两个党卫军长得英俊潇洒,他们似乎更适合去写诗或者打网球,然而两人和我一起站在了机车里,与洪齐克工程师并肩站着的是这列军车的指挥官,一位大尉,头戴奥地利山地帽,脸上有一道长长的伤疤,划过嘴巴一直延伸到下颔。连司机都身穿制服,手握变速杆,坐在皮椅上。这是一台烧黑煤的帝国机车。司机坐椅边有个调节杆,跟病人用的轮椅似的,可以把坐椅调整为躺椅。

这两个党卫军的枪口始终顶着我的后背,他们的眼睛和枪口一样,一动不动望着大尉,大尉却欣赏着窗外的风景。我看到,农庄里有人好奇地推开了天棚板,探身爬上了锡板皮屋顶,随后举起了双手作投降状。军列上肯定有人呵斥了他一嗓子,肯定还有武器瞄准了他,那人在屋顶上举起双手,仿佛在和太阳干杯。这是村里的傻子约旦,以放牛为生。为了打发星期天和夏季漫长的下午,他用网兜提一

---

① 捷克城市。

瓶啤酒，跳到一条小船上。不时从水里提起网兜来，倒一杯新鲜的啤酒，然后站在船上，就像此时在屋顶上那样——穿条短裤站在船头，举起双手与太阳干杯，他对着太阳呐喊，发出诶诶诶的叫声，然后把啤酒一饮而尽。我还看见站长夫人站在厨房的窗户后面，挂着半截窗帘的黄铜细杆，把她的两眼左右隔开，她也举起了双手。然后这辆军列加速了，从那列停在第五轨道上、被枪弹打得千疮百孔的破车旁驶过。我转过脸来，想看看那两人的表情，他们再次盯着我，好像那辆火车是我打烂似的。

"舔屁股的狗东西。"① 其中一个咬着牙说。

"这样的猪应该马上杀掉。"②第二个说。

"耽误了三十分钟。"③第一个恶狠狠说着，枪口在我两肋间更使劲地顶了一下。

三个月前，我踏上的那条死亡之路，完全是另一番景象。薄暮时分，我趴到售票窗口，售票员一头棕红头发。我说："给我来一张票！"她认出了我，问："调度员先生，去哪儿啊？"我说："您的眼睛一落到哪里，我就去那里。"她笑了起来，"怎么个一落法呢？这些票我天天看。"我说："那这样吧，您看着我，左手抽出一张票来。"她更乐了，"调度员先生，甚至在黑暗中我都能卖票。"她有些乐不可支，以为我在跟她开玩笑。我只好说："那么第七列，第七格，七是犹太人的幸运数。"她的手伸到那里，眼睛一直看着我，眼珠子都没有转动一下，说："那是贝内绍夫附近的比斯特日采，票价大约为二十克朗……"

---

①②③ 原文为德语。

机车颤了一下。

远处的原野罩在皑皑白雪下，亮得晃人眼睛。雪在融化，五颜六色的晶体滴答作响。铁道旁的壕沟里躺了三匹死马，是夜间德国人从车厢里扔出来的，他们只需一拉开车门把尸体往下一抛就完事了。现在它们躺在轨道旁的壕沟里，四肢朝天，擎天柱般支撑着无形的天门。洪齐克工程师看了我一眼，满眼悲伤和愤懑——在他负责的路段竟然出现了延误严密监视的列车这等事。这当然要怪我，所以这两个党卫军把我押上机车，执拗地要求把枪口挪到我的后脑勺上，一使眼色，一扣扳机，子弹便射入我的头颅，再把车门一拉开……我真切感觉到了，只不过我尚抱着一丝侥幸：他们只是在做做样子罢了，下不去手的，因为两个人都那么英俊。我一向在长得好看的人面前犯窘，结结巴巴说不出话来，浑身冒汗，在惊羡之余，那些亮丽的脸蛋耀得我两眼发花，不敢正视。

那个大尉长得很丑，一道长长的疤痕划过他的脸部，看起来像是小时候摔倒时，把脸磕在了生锈的锅沿上。此时大尉望着我，我不由得抬起胳膊，抓住了机车顶部的吊环。我斗胆这么做，是因为他一直望着我，他看出了我是个在铁道边值守的笨蛋，奉赫拉德茨·克拉洛维铁路总部之命，神经兮兮地站在轨道边打出各种不同的信号灯，而帝国部队之前经这个车站扑向东面，现在又返回来。我暗自想，德国人同样是疯子，危险的疯子。我是有点疯狂，但我伤害的仅是自己，而德国人以伤害别人为代价。

有一次，整列满载军人的火车停靠在五号线上，士兵们下车去村里的小商店买食物、糖和块状的人造蜂蜜。一个士兵悄悄从底部抽走一块，码好的蜂蜜块撒了一地，店主一数发现少了五块。指挥官马上命令部队全部上车，为搜查这几块人造蜂蜜，所有车厢都被搜寻了一遍，直到晚上也没有结果。于是指挥官亲自登门，向店主敬礼，真诚道歉……没准此刻和我并肩站在这机车里的德国人就是那些人呢,也许就是他们呢。

司炉快活地朝我眨了眨眼,手里的煤铲挥舞得更加迅捷了。他有节奏地把煤块先扔到炉箅后面,然后是中间,最后是边缘。大尉的眼神落在了我的手腕——那道伤疤上,衣袖滑落下来后,他盯住那处已经愈合的疤痕,把我当成了一本书来读。大尉一定知晓了更多的事情,他看什么都从另一面去看,他的眼睛像两块明矾。所有人都注意到了我的手腕。大尉抖开鞭子,撸下了我第二只衣袖,第二处伤疤露了出来。

"朋友。"他说。

他给了个手势,军列减速了,两支枪从我的后背挪开了。我没有再看这两位英俊的士兵一眼,只盯着脚下带槽的铁皮地板,它们在机车与铁轨摩擦时不停地晃动。

"*走吧。*"① 大尉说。

"谢谢。"我轻声回答。

我的心一直悬着,不知道这是否是个玩笑。我拉开车门,走下第一级扶梯,然后一步比一步低,一迈腿跌向狭窄的土路,像在跳哥萨克舞似的,我跳了一步,站起身来。机车重新开动起来,车厢敞开门从我身边驶过,里面装载着虎式坦克,几个士兵围着一个一公斤装的罐头盒,撸起袖子,用刺刀叉起肉片在大快朵颐;其他人把自动步枪搁在膝盖上,晃荡皮靴,像在溪边戏水似的;每闪过一节车厢,我都觉得自己的后背是他们很好的靶子。

这列运输车的最后一节车厢是箱式的,拉开的门里,飘荡出黑色

---

① 原文为德语。

的长筒女袜，大概是野战医院护士们穿的。我一直处在德国自动手枪、左轮枪和自动步枪的射程范围内，因为对德国人，现在我亲身体验到了，你永远揣摩不透他们会做出什么举动来。住我们家紧隔壁的卡拉斯克娃太太，四〇年就被德国人抓走关了起来，去年圣诞节的时候才放回来。在漫长的四年时间里，她一直在佩切克尔纳宫①擦洗犯人被处决后留在地上的血迹，她没完没了整整擦了四年。好在那个首席刽子手待她不错，送她火腿片，请她一遍又一遍唱"黑眼睛，你为何哭泣？"对她说："请进来……怎么样？"突然有一天她被放回家，不用再去了，甚至还给她写来了一封道歉信。然而卡拉斯克娃太太的神经已经错乱，劳动部门给她在锅炉房安排了一个活儿，往她手里塞一喷壶机油，让她每天给机器的轴承上油。

　　我走近了铁道的拐弯处，远远就望见那三匹死马冲天矗立的十二只铁蹄，他们像老博列斯拉夫教堂地下墓穴的支柱。

　　我思念玛莎了，我回想起我们的初次相遇。当时我在铁路养护班，班长给我们每人一桶红漆，让我们把国道保养车间周围的栅栏都刷一遍。玛莎开始的路段正好和我相同，我们俩面对面，中间隔着高高的铁栅栏，脚边是红漆桶，手拿刷子，动手刷自己的这一面。栅栏绵延四公里长，五个月的时间里，我们俩天天这样相对而立，彼此无所谈，中间一直横亘着那些栅栏。刷到两公里的地方，有一天，我的刷子恰好抹到玛莎嘴唇的高度，我忍不住对她说我爱她，她在另一边刷着同一根杆子，也告诉我说，她爱我……她深深注视我的眼睛。路旁的壕沟里，蒺藜丛蓬勃生长。我把嘴伸到刚涂过红漆的栏杆之间与她亲吻。等我们俩睁开眼睛时，她的嘴边出现了一个红圈，我也同

---

① 纳粹占领时期布拉格的盖世太保中心。

样,我们哈哈大笑起来,从此,我们天天都很幸福。

走到三匹死马身边,我在其中一匹的马肚子上坐下来,把头靠在它的腿上。第二匹马用一只惶恐的眼睛望着我,好像它和我一同经受了刚才在火车上的险遇。

那天,在贝内绍夫附近的比斯特日采小镇,我沿着一家小旅馆的楼梯拾级而上,楼梯拐角处,一个穿白大褂的泥瓦匠在干活儿,他正往墙里钻眼,准备把美力马①牌的灭火器挂上去。他有一把年纪了,但腰背厚实,他侧了侧身子,我才走过去。随后他吹起了口哨,那是《卢森堡公爵圆舞曲》。我打开自己的小房间,正值下午时分,我掏出两个剃须刀片,一片扎入浴缸旁边的方凳上,另一片搁在它边上。我哼着《卢森堡公爵圆舞曲》,开始脱衣服,拧开了热水龙头。我想了想,又悄悄去把门打开一条缝。走廊上,那个工人正站在我的门边,好像是他把门推开一条缝似的,为了窥视我在里边干什么,他居然和我想到一起了。

我把门砰地一声撞上,钻进了浴缸。我慢慢往水里坐,水很烫,烫得我直嘘溜,我呲着牙小心翼翼地坐下去。然后我右手拿起刀片,先割破了左手腕,接着使出全身力气,把右手腕竖立在方凳上的刀片砸去。我把双手浸没到热水里,看着鲜血慢慢从我身上渗出来,水渐渐变为粉红,红色的血液不间断地大量涌出,宛如有人从我的手腕上拖曳出一条长长的打着旋的红色绷带,又像舞动的长纱……渐渐地我感觉浴缸变得粘稠起来,有点像我们用来刷国道养护车间周边栅栏的红漆,我们不得不往里面兑松节油……我的头垂了下去,嘴里漫入了树莓汁,略带咸味……然后蓝色和紫色的圆圈,密密匝匝,呈螺旋状

---

① 德国消防公司。

在我眼前伸展开去……然后一个身影向我弯下腰来,他下巴上的胡须
茬扎着我的脸,是那位穿白大褂的泥瓦匠。他一把抄起我,就像从水
里捞起一条红色的鲤鱼,红色的鱼鳍源自我的两个手腕。我的头倚在
他的衣服上,我听见自己脸上的水滋滋渗入石灰,那股味道成为我最
后的知觉。

我坐在死马身上,头靠在它僵直冲天的腿上,马蹄边的鬃毛挠着
我……

一列货车驶过,快乐地鸣着笛。车厢挡住了我面前的光,有节奏
地忽隐忽现。我身体一颤,嘴里涌出了口水,因为这一切都开始于玛
莎的舅舅家,那个住在卡尔林①的诺内曼舅舅。那次我在他家过夜,
他们让我睡在摄影室的长沙发上,身上盖一条毯子加一块大帆布。帆
布下端画着布拉格风景,上方的空中有一架飞机,是给顾客拍照的道
具,当飞行员或者观赏者都可以,滑稽的是,这架飞机可以摄入一组
人。已经是午夜了,诺内曼舅舅家阒无人声,玛莎找我来了,她钻到
了帆布底下,抚摸我,她的整个身子贴近我,我也抚摸她,浑身热血
沸腾,直到那一刻我始终像一个真正的男人,然而瞬间功夫我瘫软下
来,成了草鸡。玛莎想方设法刺激我,我却像死了一般,四肢麻木,
没有任何反应……一个小时后,她又钻进来,接着再回到舅妈的房
间……早上,我茫然无神地呆坐着,没有勇气看她一眼。

顾客们来了,站到帆布后面。在同样的帆布下,在夜里,我品尝
了痛苦的惨败经历。一个顾客站到椅子上,第二个上了人字梯,舅舅
往每个人手里塞一个瓶子或者一个漏斗,自己钻进照相机的黑色罩布
里,伸出一只手,像音乐起来那样一抬手势。然后他把黑罩布由下往

---

① 布拉格市区。

上卷起来，五分钟后照片就出来了。因此照相馆大门口悬着大大的招牌：五分钟即取。

一上午，顾客们络绎不绝，最后来了两个德国士兵。一个站到椅子上，另一个站到人字梯上，舅舅刚刚往他们跟前支起飞机和布拉格景色的帆布，一声闷雷似的巨响传来，一阵风扫过摄影室，刮倒了帆布，那两个士兵随即摔了下来，钻在黑罩布下面的舅舅也摔倒在地。这还没完，紧接着一股迅猛的穿堂风袭来，眼看它一下子扫荡了摄影室整面墙上的装饰，卷走了舅舅和两个士兵，舅妈和玛莎从房间里吹出来，两人被吹离了地面，拼命用双手往下护着裙子，可根本无济于事。她们的头发倒竖起来，漫天飞舞，挡住了我头上的一方天空。我们所有人都开始往下坠落，像皮球那样一个个摔到了草地上……最后被刮走的是那块写着"五分钟即取"的招牌……主干道上匆匆跑过几个人，然后是长时间的静默，接着响起了警报，几辆救护车开过去，然后出现了几个衣衫褴褛的人，没完没了狂笑着，面孔冲上往草地上一倒，仰面躺下，笑得浑身颤抖……最后才来了一个人，回头指着维索恰尼①的方向说：告诉你们，是可怕的空袭！他凝神望着草地，看见了那块大招牌，他用别样的语调念着上面的字：五分钟即取……

我钻过拦道木，五号轨道上停靠着一列客车，整列火车都被枪弹洞穿了。 在第一节车厢上，我读到了这样的标签，目的地：国道养护车间，始发站：克拉科夫。敌后游击队总以这种方式摧毁德国的运输车辆。每节车厢都弹痕累累，窗玻璃荡然无存，车皮壳上布满机枪眼，有的被手榴弹、山地炮或者缴获来的火箭筒掀开了。这种客车车

---

① 布拉格市区。

厢早已退役，小包厢两侧都设有门，车厢旁的踏板很长，几乎每一扇门边都有暗褐色的血迹。我探头往包厢里看了看，一片狼藉，地板上是碎玻璃片、钉子、连布扯下的钮扣、整只军装袖子、血迹斑斑的内裤、包扎伤口的手帕、丢弃的象棋子、棋盘、小圆镜、口琴、被雪覆盖的信、长条绷带、小孩玩的彩纹气球。我捡起一封信，信纸上踩满军靴的鞋钉印，信开头为"我亲爱的甜心"，落款是"你的路易莎"，附加女孩的唇印。角落里有一只军鞋，咧开嘴，鞋舌伸出来，像在冲我笑。地板上还躺着两只死乌鸦。

我离开医院那天，也是这样的霜冻天气，凛冽刺骨，我们小镇外的小树林里，常常聚集成群的寒鸦和乌鸦，枝头上栖满了这些黑色的鸟，在冬日上午惨淡的阳光里，它们黑亮的羽毛闪闪发光。快到小树林时，我举目望去，几千只乌鸦映入眼帘，撒满一地，挂满每一棵树，像熟透的波斯尼亚大李子……满树林子的死乌鸦，包括那些栖息在树枝头的，它们在睡梦中被冻死了。我抬脚往树干上一踩，树上那些冻变形了的死鸟伴着冰霜哗哗往下落，有几只还落在我的肩膀上，它们如此轻微，就仿佛砸过来一顶贝雷帽。

我从这列车最后一级登梯跳上五号轨道的站台，往值班室张望。调度员胡比齐卡两腿跷在电报桌上，双臂交叉在腋窝，下巴磕在胸口，睡得正酣。这一招我也会，值班时实在睁不开眼了，我也这样睡过。有时瞌睡突然来袭，最好在第一时间就入睡。然而铁路调度员的睡眠被特殊的报警系统控制着，身体在沉睡，头脑中的某根弦却清醒着，只消电报一呼叫，合格的调度员马上就会起身，一推电报机上的接收杆，把本站的呼号传给对方，然后坐回去接着睡。等白色电报带上的消息结束了，调度员才醒来，回信号表示接收完毕。他让车站的呼号设置处在连接状态，关上电报机，坐下重新进入梦乡。或者这类出色的调度员,会在信号机上打上"进站"信号,闭上眼睡觉,耳朵却能听见隆隆驶近的火车,听见它的火车头自行驶进了隔离道,而值班室操作台只要稍有动静,就像您手中的咖啡勺轻轻滑落,调度员就醒来了,起身去打信号。

楼梯上传来站长先生的脚步声,调度员收起腿,站了起来。站长先生穿着一身旧制服走进门来,他这是又要去清理鸽舍了,裤腿和衣袖上沾满白色的鸽粪。

我走进值班室,"调度员赫尔马·米洛什重新前来报到!"

站长先生握住我的手,拍拍我,眼里含有泪光。

"米洛什,我一直跟你们说什么来着?我一再提醒你们要谨慎,我重申一遍,"他转过身去,指着那张公告上的签名说:"帝国总代理堂柯在赫拉德茨亲口表示,自己将不再犹豫!他要下令处决几名捷克调度员!"他点着头。站台上一只小鸽子摇摆蹒跚,咕咕叫唤了一声,值班室门口涌来一群波兰种鸽。

一列货车驶进了车站。站长先生走到站台上,鸽子们飞起来,栖落到他的肩膀和脑袋上,他只得张开双臂,鸽子们怡然自得,就像落坐在广场的某个雕像上似的。站长非常得意,列车长和他的警卫都看着他,火车司机不觉停下搓洗手的动作,也盯着站长先生看起来。站长迈开步,身上站着一群鸽子,它们不停地扇动翅膀,保持平衡。

"供给我们的煤太差劲了,"司机说,"这已是我们第二次停车来烧蒸汽了。"

"怎么样,司机先生,您还一直画画吗?"调度员发问。

"一直画着呢,"司机点点头,"这一阵在画大海。见鬼,你们站长可以带上这些鸽子去马戏团了。"

"小儿科的把戏,"调度员说,"您开始画大海了?"

我站在站台上，看着列车长和他的警卫，还有司炉。我立刻看出来了，他们停车的原因是为了一睹调度员胡比齐卡的风采，看看他是否确实像传言的那么神乎其神，值夜班时竟然撩起女电报员的裙子，在她的屁股上盖满车站的戳印。

"大海，"司机满眼钦佩地望着调度员继续说，"我只是临摹明信片，把海放大而已。"

"干吗不去大自然里写生呢？"调度员问。

"甭提什么大自然了，大自然里样样东西都在移动。"司机说着笑了起来，向密封车厢转过身去，眨了眨眼睛，所有人都笑起来。"写生的话，还得缩小比例。我倒是出去写生过一回，还跟学校借了一只狐狸标本，把它埋在小树林的树叶堆里，还没等我勾出轮廓呢，跑来两只狗，叼起狐狸撕扯了起来！害得我赔了人家三百克朗！别再提什么大自然了！"

调度员胡比齐卡把目光投向蔚蓝的天空。此刻，在天幕上，我也看见了兹登尼奇卡，我们的女电报员，悠然躺在那里，调度员先生温柔地掀起了她的裙子，然后拿起一枚戳，接着又拿起一枚，慢慢把它们一一盖到女电报员的臀部上……我看到火车上所有的乘务员，包括机车组，都翘首眺望天空，大家一定都看到了同样的情景，那个美丽的事件，正因为它，他们打着烧蒸汽的借口，把列车停靠在了我们的车站。

等大家看够了蓝天，他们惊羡的目光才转向调度员胡比齐卡先生，刹那间，他变得如此伟岸，就连他唇边的皱纹、微微罗圈的双腿都那么耐看。我幡然觉悟，对女人们而言，调度员先生有着无与伦比的魅力。

"您知道我怎样从明信片上临摹大海吗？"司机说道，"我把画板用虎钳固定住，把明信片钉在工作台上，照着临摹，但不知何故，手总不听使唤，在画板上画不出逼真的浪涛来，就像明信片上那种海的汹涌。"

"克尼施先生，"调度员说，"您得把明信片也用虎钳固定住，紧贴画板……然后拿把刷子在明信片的波浪上方这样……用刷子在波浪上方这样，直到你找到感觉为止，然后把波浪逐渐放大，放大到您想要的尺寸，然后不就可以在画板上直接涂抹了？"

"哎呀，可真有您的……"司机感慨万分。

我跑进值班室，电话响了。我听见站长先生在斥骂鸽子。现在他的鸽子们和他一起待在鸽舍里，我也特别想某一天伺机藏到鸽子窝去，从夹缝里窥视站长与这些鸽子们在折腾些什么？我觉得那些鸽子也在窃笑，站长先生在那里劝导他们，甚至抓起不听话的鸽子揍屁股……

我耳朵上架着胶木听筒，眼睛望向站台。男人们站在太阳下，司机俯下身来，正对调度员耳语什么。然而，当我从所在的位置侧看过去，看运煤的车皮时，我惊呆了。车厢顶上拱出几个牛角，几个牛脑袋直直支楞着，眼睛斜视站台，巨大的牛眼睛里，满是好奇和哀伤。几乎每节车皮的地板都踩出了破洞，牛腿卡在洞里，挫烂了皮，挪动不了，颜色青紫……我不忍心看下去了，他们以这种方式运送饥饿的牛犊，让我无法容忍。既然火车停靠在了我的站台上，我至少可以从箱式车厢半开的门缝里把我的手指头伸进去，权作乳头让牛犊们吮吸片刻。我讨厌他们，我无法忍受，包括在隆冬季节用敞篷的双层货柜往布拉格屠宰场运送猪崽，小猪们的脑袋紧挨着，身子紧贴在一起，一动不动，因为动一下就会丧失热量。小猪腿都冻僵了，猪爪冻成了瓷器！哎，这样的情景让我不忍看一眼！酷热的夏天里，他们还从匈牙利运来大批活猪，一路不供给水喝，整车的猪都张大嘴巴，因焦渴而大张着嘴，就像奄奄一息的小鸟……

我跑出值班室。

"这些货物从哪儿发来的？"我问列车长。

"从前线，这些牲口在路上已经走了十天了。"他挥挥手。

我跳上车厢踏板往里看，所有的牛都患了鼻疽病，几头牛已经倒毙在地，一只牛屁股里还拖着半截已经腐烂的小牛肚……到处是可怕的眼睛，默默谴责的眼睛，受尽折磨的眼睛，对此我只能扼腕，绞紧双手。满满一列车谴责的牛眼睛。

"德国人是猪！"我脱口喊道。

列车长挥挥手，喊道："猪？太抬举他们了！那边最后三节车厢里全是濒死的羊……因为饥饿，它们互相撕扯，把对方的皮毛都扯下来了！"

"有蒸汽了，"司机说，又压低嗓音，"你们听说了吗？昨天夜里，游击队在伊赫拉瓦①附近炸掉了严密监视的运输军列，手法非常巧妙，整列火车都掉入了峡谷，而且车上的第二枚炸弹还炸毁了大桥。"

他爬上机车，拉动手闸，火车启动了，拉动后面的一节节车皮，这些车皮上方高耸着牛角和牛眼睛，车厢底部伸出一条条无法动弹的、磨烂的牛腿，污脏不堪地擦着枕木。在谷物仓库——"利物浦"后边的装卸站台上，又停靠了两节车皮，早晨由军需给养专列拉来的，专门往返布拉格屠宰场。

然后又有两列严密监视的运输军列驶过我们车站，运载的全是坦克，虎式坦克，每列车的机车上都有一名军官押车，这大概是伊赫拉瓦附近的游击队的战果效应。几个牛倌从村庄往车站这边赶牛，几头

---

① 捷克城市。

花色牛不听话，被扯着尾巴奋力往前挪，一头小奶牛干脆绝望地躺倒在公路上，几个农家小伙往它尾巴底下塞了一把稻草秸秆，点上火。接着一辆马车从大农庄那边驶来，马脖子上的绳套绷得紧紧的，因为马车后边绑了一头水牛，膝盖受伤了，套在鼻翼上的铁环拉豁了鼻孔，人们干脆把它的角捆在马车上，拖拽往前走。也许这头牛醒悟得太迟了，那个牵引它的女孩背叛了它，拱手把它交给了屠夫。牛熟悉那女孩裙子的气味，义无反顾地跟在她身后，哪怕走到世界的尽头。沿着即将融化的雪道，马车拖拽着水牛一路走来，它淌血的膝盖，在身后留下两条鲜红的细线。

"米洛什，"调度员胡比齐卡转向我，托着下巴对我说，"在那列党卫军机车上发生的事，我永远不会忘记，你是在替我受过。"

内线电话响了。"德国人是猪！"我说。

我拿起电话，大惊失色。

"调度员先生，信号灯的灯臂垂落下来了。"

"现在打的'通过'信号给了什么车？"他问。

"军需给养特快。"

"糟糕。"他说。

"调度员先生，我马上骑自行车去，用手扶住信号臂，让车通过。"说完我冲出门去，从小道绕过"利物浦"向信号桅杆跑去。我顺着蚂蟥钉爬到上面，跨坐在灯上，托起了信号灯的手臂。特快列车的火车头驶来了，它专门给前线的军官们运载食品、饮料和信件，这种专列对所经过的车站来说，其重要性仅次于严密监视的运输军列。司机看见我在信号灯上，一把抓住了操纵杆，我便掏出值班手电筒，打出绿色信号表示可以通行。司机加快了车速，火车飞驰而过，喷出的浓烟把我彻底淹没。过了一会儿，我才看见调度员站在站台上，盯着风驰电掣远去的火车轮轴。火车头扬起的风雪，向身后抛撒，直到最末一节车厢驶过后，夹杂纸片和树叶的雪尘依然漫天飞舞。

午休时间到了。我把盛着汤的蓝色搪瓷缸放到炉子上加热，给机动轨道车打上"进站"的信号。调度员把两腿架在电报桌上，透过玻璃望着蓝天出神。

"坐机动轨道车来的，是什么人，没人说起吗？"

"说了，护道班长说的。"我用勺子在陶瓷缸里搅动。门被轻轻推开了，一个人走了进来，我瞥见灰色的裤子，锃亮的皮鞋，棉外套。

"你们这里蛮热闹嘛。"来者说。

"是啊。"我顺口答道，呷了一口汤。调度员先生的双腿依旧搁在电报桌上，两眼望着天空。

"你们知道我是谁吗？"来者问。

"我知道，"我说，"您来取货单，是牲畜站的。"

"也许吧，"他说，"你们站长先生呢？"

"在鸽棚里。"我回答。

来者吓人地咆哮起来：

"他在这里啊！但你们知道我是谁吗？"在第二次发问后，他自己回答说："我是交通署署长斯鲁施尼！"

从站长和调度员那里我早就耳闻过这个名字，尽管他们只是嘴上在谈这位交通署长，但全然一副谈虎色变的样子。我跳起来，一手端着缸子——勺还插在里面——一手忙着敬礼并报告说：

"见习生米洛什·赫尔马报告。"

"放下缸子！"署长大声喝斥，扬起手把缸子打落在地，又飞起一脚，缸子咣当一声撞到门框上。我站着，敬礼。而调度员胡比齐卡始终坐在椅子上，双腿始终在电报桌上，就好像署长的莅临吓得他手脚瘫痪了。站长的身影在窗外一闪，进入了值班室，看得出他是从鸽棚一路急跑来的，脑袋光着，他敬礼，报告了车站名称。

"稍息。"署长低声吐出这句话后，仔细打量起站长先生的旧制服来，上面沾满鸽粪，滑稽地系在仅剩的一粒纽扣上。绕站长先生一圈后，他又审视起站长先生脏兮兮的裤子来。

"我想……"站长说。

"他也会想？"署长悄声问我。

"是的。"我回答。

"是吗？"他故作惊奇状，"您知道吗，是我提议，准备把这位长官提升为铁路督察的？"

我耸了耸肩。

"您听好了，您想成为铁路督察吗？"他问站长。一根羽毛从站长先生的身上飘起。

"想。"他叹了口气。羽毛飞起来，在他的额前舞来舞去。

"去牧鹅怎么样？"

"不想去。"站长又呼出一口气，羽毛再次飞起来，像个白色的问号。

"关于这件事，我们去赫拉德茨再谈。多体面的车站，但愿名副其实！"署长吼叫着，一巴掌把调度员先生的脚从桌上掸落下去。"你们知道谁在机动轨道车里吗？纪律检查委员会，他们前来调查裁决，对这位先生是以限制人身自由罪提起诉讼……还是仅对他采取纪律处分！"他的手指向调度员胡比齐卡。

站长先生打开了自己办公室的门，指了指华丽的织着红蓝色花卉的波斯地毯、桃花心木办公桌、伞叶垂挂的棕榈树、土耳其烟桌和方凳。然而署长摇了摇头。

"可谓有其师必有其徒。"他说。

随后泽德尼切克理事夹着公文包走进来。他把照片摊开,铺在电报桌上,照片上全是一个个盖在女电报员兹登尼奇卡·斯瓦塔臀部上的戳印。站长先生一直在恳求,允许他回去更衣,换上正式的制服,而斯鲁施尼署长没有答应,站长必须充当书记员。接着兹登尼奇卡走了进来,我快认不出她来了,仿佛那些盖在她身上的戳和那段丑闻让她成熟起来,她更加迷人,眼睛里透出了阅历的光芒。我居然有些晕眩,当她向我伸出手来,满眼漾着笑意告诉我说,她可能要去拍电影,已经有人对她感兴趣了。

泽德尼切克理事首先打开了袖珍欧洲地图,以阐述帝国军队的军事形势作为开场白。展开的地图上有几个洞,那是他总把折叠地图揣在兜里,磨损了边角的缘故,那几个洞在地图上有瑞士那么大。他讲解了部队在喀尔巴阡的情况,冯·曼斯菲尔德的第五军在那里作战,理事的儿子布瑞迪斯拉夫·泽德尼切克也在这个部队服役。但第五军总在地图上那个磨损的洞里,已经一个星期了,陷在里边,无法走出那个谷底。理事的儿子在那里打仗,他和父亲一样德语不过关,在报名加入德国军队时,便去掉了自己姓名字母上的撇和钩。理事继续讲述着,用铅笔在小地图上画着圈,事实上那个圈的范围有黑海那么大,它是个包围圈,很快帝国军队就要包围敌人。理事用笔勾勒出帝国军队的推进路线,经小亚细亚到非洲,把英国军队封锁到这个圈里,然后经西班牙直捣美军的后脑勺。理事又把话题转向保护国[①]的局势问题,将要部署极权统治,采取措施,兼并学校,关闭博物馆和展览中心,部分列车将停运,体育运动只能在星期天举行。

---

① 1939年,纳粹德国军队占领捷克斯洛伐克,建立傀儡政权波希米亚和摩拉维亚保护国。

"这是您的臀部吗?"他指着照片问兹登尼奇卡。

"是啊。"她说着微微一笑。

"是谁给您那里打上这些车站戳的?"理事发问,站长记录。

"调度员胡比齐卡先生。"她回答。

"那么,斯瓦塔小姐,请您叙述一下事情的经过。"

"那天我们一起值夜班,半夜的时候,我扮了一会儿模特,因为没有列车过往了,我们闲得无聊。"她说话时,眼睛望着天花板。

"说慢一点。"站长请求。

"后来调度员先生说……我们来玩接字游戏……乌鸦在飞,火车在飞,时间飞逝,手在飞,脚在飞……我先输掉了皮鞋,然后是内裤……"女电报员陈述着,眼睛盯着站长先生记录的笔尖。

"谁给您脱的内裤?"理事好奇地问。

"调度员胡比齐卡先生呗。"她说着笑了起来。

调度员坐在椅子上,架着二郎腿,工作帽放在膝盖上,秃顶闪闪发光。从赫拉德茨总部来的官员们瞧着他的秃顶,再看看美丽的女电报员,叹了口气,摇了摇头,然后怀着更大的激情投入到案件调查之中,试图挖掘出与限制人身自由罪相吻合的行为实质来。

我在值班,把信号灯一会儿拨到"通过"的位置,一会儿又打成"停止"。我感觉到,调度员在关注每一趟过站的列车,他在观察我。调度员胡比齐卡一直是我的榜样,在多布罗夫尼采培训时,我就有这种感觉了。他可以用一只手安排好对开的两列车,另一只手往相邻车站发报,告知列车上装载的货物。现在他俨然坐在法庭上,我觉得,署长也好,理事也好,两位官员其实都非常想对兹登尼奇卡做同样的事情,就像调度员胡比齐卡那样,只是他们太怯懦了,像所有人那样害怕,瞻前顾后。唯有调度员先生,从来什么都不怕,此刻他坐在那里,欣赏着自己的荣耀。

"现在，兹登尼奇卡·斯瓦塔小姐，请仔细听，"理事站了起来，"在调度员把您摁倒在电报桌之前，有没有对您施加压力？威胁？动用暴力？"

"哪儿啊？我自己，是我自己躺上去的……突然我就想躺上去……等待，看他接下来会干什么……"她大笑起来。

"……等待，看他接下来会干什么……"站长先生轻声重复着，书写着。

我跑出去，到站台上。主干道上驶过另一辆严密监视的军列，坦克上坐满了年轻小伙子，在晒太阳。他们的年纪与我相仿，有的甚至更年轻一些，阳光下，他们抛扔绿色的气球玩，另一辆坦克上有人在唱"我的心丢在了海德堡"①。当他们的火车与第五轨道上那列被打烂的车交错而过时，他们都愣住了。每一个人，谁走近这辆将被送去修理的破车，都会眼睛发直，连厨师都会停下手中正削皮的土豆。这些士兵在家乡肯定见过更糟糕的场景：炸毁的城市、家园、成堆的尸体，然而在这里，见到这样的车，他们始料不及……

我走回车站，报告了军列通过。

泽德尼切克理事站在窗边。

"那是我们的希望。我们的青年，为自由的欧洲在战斗，而你们在这里做了些什么？把车站戳往女电报员的臀部上盖！"说着他回到电报桌旁，浏览了一遍照片，然后扔向一边。

"当然，"他说，"我们调查清楚了，它不属于限制人身自由……但这是对国语德语的亵渎！"他站起身来，往桌上一捶拳头，"有一半戳使用的是德语！这是侮辱，大不敬！"

---

① 原文为德语。

我回到站台上，给从前线开来的伤员列车打出"通过"信号，这是一个用快车车厢改装而成的军事医院。看到这列伤员车，让我最惊奇的是那些人的眼睛，那些受伤的士兵的眼睛，仿佛他们在前线遭受的痛苦，他们给别人造成的和别人反过来又给他们制造的痛苦，仿佛这些痛苦把他们变成了另外一种人。这些德国人比刚才反方向驶去的那些德国人要可爱，所有人都贪婪而稚气地凝望着窗外单调的景色，好像他们正驶过一片天堂，好像我的车站是一个珠宝店。他们像调度员胡比齐卡眺望天空那样欣赏着。这些蜡黄脸色的伤员们怀着同样浓厚的兴趣望着我，有些人只能侧着头，有些还得拽着车厢顶部的吊杆，另外几个靠在女护士身上。伤员车向家乡开去，到处是白色的床，缠着绷带的黄手、黄脸和孩童般的眼睛点缀其间。最后一节车厢是敞篷车，两个救护员正在扒下死人身上的病号服，然后把尸首扔到一堆僵硬的尸体堆里。这些都是在途中死去的士兵……然后那列伤员车远去了，车尾红色的吊灯亮晃晃，来回摆动，沙沙作响。

"最高贵的血液在为你们抛洒着生命，"泽德尼切克理事站在窗边，"你们看到那列伤员专列了吧？而你们却在这里干这种营生！会议到此结束。结论，站长先生，请记录！对调度员胡比齐卡·拉迪斯拉夫进行纪律处分。"

他一挥手走上了站台，又一示意，让机动轨道车开过来。兹登尼奇卡也坐到了机动车里，挨着交通署长就坐。

我报告了机动轨道车，发出"离开"信号。

"您知道，捷克人是什么吗？"理事说，"是面带笑颜的魔鬼。"

机动车紧贴第五轨道上那列被打烂的列车，缓缓驶离车站，理事一直望着那掀开的车顶、被机枪扫得千疮百孔的车厢。站长先生走到楼上，歇斯底里，用椅子猛砸地板，值班室又掉下许多墙灰，他对着天窗吱哇乱叫起来：

"道德的泥淖！所多玛古城①在警察的庇护下，在咖啡馆、餐厅和办公室公然卖淫。丈夫逼迫妻子卖欢，以劈死她的儿子来要挟。扯掉假发，甩掉羽毛！还是让上帝来进行最后的审判，让一切都终结吧！"

他重又在厨房里走来走去，跺着脚，让楼下的我们得知，是我们让他痛不欲生。一个小时后他才走下楼来，进入自己的办公室，穿上笔挺的制服。此时装车站台上正牵出最后一头用卡车运来的水牛犊。小姑娘把它一直领到屠夫的汽车旁。屠夫一出车门，牛就撒起野来。屠夫对助手说："博胡什，这杂种简直翻天了，给你刀，把它双眼捅瞎了！"助手博胡什后来在值班室给我们描述了那情景，他一个转身，一手伸到车窗外，刷刷两下就刺瞎了牛的双眼。"那头牛立刻变得羔羊一般温顺，"助手在值班室里说："嘿嘿，它大概对这世界一无牵挂了。"买主在这头牛身后重重撞上车门，撞击声惊醒了站长先生。鸽子在窗楣上摇摇摆摆，咕咕叫着，向他鞠躬，可站长先生双眉紧皱，对它们摇摇头，手指沿领子摸了一圈，又陷入沉思，一脸痛不欲生、越来越悲伤的样子。他打开柜子，眼睛停留在那尚未穿上身的新制服上，上面已锈上了一颗大大的金星，用金线绣得密实的金星，耗费的材料足以给将军绣一朵菩提枝叶了。

他把持不住了，冲过值班室，径直上楼进了厨房，为了让大家都听见，他对着天窗重复吼了几次：

"督察的职位见鬼去了！"

当普快客车开走后，调度员胡比齐卡又站在站台上，眺望着早春澄澈的天空。没准他再一次看到了让他在赫拉德茨铁道总部大放异彩

---

① 因居民罪恶深重而被上帝焚毁的古城，见《圣经·旧约》的《创世纪》。

的情景，看到了那一幕，女电报员躺在浩瀚的天穹上，他撩起她的裙子，一枚接一枚拿起车站的戳，那些戳有教堂的尖顶那么大，盖到她臀部柔软的肉里。突然他转过身来，一脸决然的样子。在那间放置信号灯操作杆、轨道道岔和第一路段调度手柄的小屋里，他悄声对我耳语：

"米洛什，明天咱俩值夜班，又在一起……我们车站要经过一列装载二十八节车皮弹药的货运列车，敞开的箱式车，午夜两点通过我们车站。在我们站和下一站之间没有山坡，也没有建筑……可以把整列火车直接送往宇宙……"

"行啊，调度员先生，行啊，可拿什么弄呢？"

"一切都会及时得到的……"

"现在火车在哪里？"

"明天从特热比奇①出发。"

"现在我们将严密监视军用运输列车了，对吧？"我笑了起来，小屋瞬间黯淡下来，一群波兰鸽子正从窗前飞跃而过。

从庄园传来消息，金斯基公爵将邀请站长先生前往庄园赴晚宴，七点整派马车来接他。我拉下值班室的遮光布幔，点上油灯。尽管站长办公室里有电灯，我还是把那绿罩子里的煤油圆灯芯给点燃了。我和调度员一起出去迎接过往的一列火车，我用手里的绿灯给出信号。站长先生把那身男爵行头拿到了办公室，灰色长裤、短猎装背心，顶上插三支松鸡羽毛的施瓦岑姆伯格绿礼帽。他大敞着通往值班室的大门，很乐意旁人看到他在梳妆打扮。

从庄园的田间土路上，一匹白马拉着马车嘚嘚走来，旁边伴着一

---

① 捷克城市。

匹白马。天上的星星一闪一烁，照亮了漆黑的夜。雪冻实了，脚踩上去，在靴底下发出吱嘎吱嘎的响声。绿色的汽油灯在站长办公室哗哗燃烧着，站长正凝视着镜中的自己，他已盛装待发了，鹿皮手套和礼帽都已经戴好。油灯在天花板上投下白色的光晕，围绕它扩散开一圈圈更大的光环，像骷髅的胸骨。小时候放假时，我常去姥姥家，姥姥家的桌子上也点着这样一盏灯。晚上我喜欢躺在被窝里望天花板，看油灯投在光圈外的影子。不管怎么看，我都能在天花板上找到骷髅的骨架来，我用被子蒙上眼睛，还是能看到天花板以及上面的骷髅。有一次我正看着，姥姥用围裙兜了一兜子劈柴，哗啦啦倒进火炉里。我一声哭喊："骷髅的腿骨掉下来了！"

白马车停在了站台上，旁边是那匹备好鞍的白马。两匹马浑身泛着白光，宛如夏夜里盛开的茉莉花。站长先生走出办公室，车夫跳下来，帮他把脚伸进镫子里。站长先生一勒缰绳，一路小跑到鸽子棚下边，冲上面喊道：

"安生睡觉！我很快就回来，站长先生会回来的。睡吧，我的宝贝！"

波兰种的鸽子们咕咕叫着，往放飞它们的小铁门上拍打着翅膀。站长先生骑在马上，在马车的陪伴下离去了。越过轨道后，两匹白马在坚硬的土路上小跑起来，嘚嘚的马蹄声清晰可闻，渐渐地，白马和雪野融为了一体，只能看见站长先生和马车夫穿着的深色服装以及端坐的身影，很滑稽地犹如悬在半空里。

调度员胡比齐卡抽出像画布或丝绸那样卷着的列车时刻表，展开后，他趴上去，用铅笔沿着线路游走。

我拉开绿色小窗帘，开始售票。候车室的黑暗中，乘客们冒了出来，买完票后重新回到黑暗的角落，他们不愿到门外刺骨的寒风里去傻等，而是盯着调度员来估摸自己的那班车是否快来了。有时我会捉弄一下乘客，提前半个小时，我穿上大衣，竖起领子，往站台上走去，像是去等那班客车进站似的，乘客们在我身后挤作一团。我走几步后，把提灯往轨道上一放，又钻进暖和的值班室里。乘客们冻得受不了了，也相继回到候车室的火炉旁，不忘狠狠地瞪我几眼。有时候站长也会利用黑暗作掩护，换上胶鞋，在夜里把车站巡视一番，窥视调度员们在做什么。哎，有一次我午夜睡觉被他逮了个正着。我坐在椅子上，下颌磕在胸前睡着了。站长先生站到售票窗前的栏杆上，透过半截绿窗帘往里打量，然后他穿着胶鞋悄无声息地回到站台，轻轻推开值班室的门，蹑手蹑脚站到我跟前，欣赏片刻后，抓住我的肩膀推搡起来，而我睡得懵懵懂懂，以为在家里，又到早上了呢，就问："爸，几点了？"站长先生大吼一声："我是站长，不是你爸，我们在上着班呢！"后来他把这件事上报到了赫拉德茨总部，上面给我记了个警告处分。

客车进站了，我走上月台。乘客们从候车室里涌出来，火车慢慢驶近了。玛莎站在第二节车厢的登梯上，她的白围脖在黑夜里显得特别耀眼，胸前挂着执勤小灯，乘务员的检票夹用皮绳套在手腕上，她与往常一样干净利落。那次我们漆完养护车间周边的所有栅栏后，她仍是纤尘不染，下班时和刚来上班时一样干干净净。她跳下登梯，一迈步露出黑皮鞋白袜子，脸上两个酒窝一现，脸庞在蓝色的夜里闪着光，仿佛刚用毛巾角把耳朵也擦了一遍似的。她递给我一只苹果，我一手提着灯，另一只手拿着苹果。玛莎扑过来，一把搂住我，她比我有劲儿，脸上散发出一股淡淡的奶香味。她紧贴着我，小油灯烤着我的胸膛，火苗似乎舔到了我的心房，她柔声对我说：

"米洛什，米洛什，我爱你，非常爱你。过去的一切都是我的错，我跟女友们打听了该怎么做，我还讨教了那些有经验的人。我相信咱俩会没事的,能行,我知道该怎么做了……真的。"

玛莎稍稍后退一步,从口袋里掏出时刻表,打开,递给我一张照片。这照片我从来没见过,我的指头感觉到它被无数次地抚摸过……这是我的照片,那次我们在一起刷油漆时我送给她的。照片上是一个身穿白色海军服的小男孩,翻过来,背面粘贴着另一张照片,我一眼就认出了这个和我粘在一起的人是谁,这是玛莎的童年照,也穿着小海军服,两张粘在一起的照片被剪成了椭圆形。

"米洛什,你什么时候来我家?什么时候?"她问。

"后天,如果你愿意。"我结结巴巴地说。

我必须吹哨了,打出九点钟的信号,列车员们各就各位,乘务员们举起小油灯表示一切就绪,我举起绿灯,火车启动了。玛莎再次扑向我,紧紧贴着,一如那两张紧贴在一起的童年照。玛莎吻了我一下,抓住铁扶手一跃上了登梯,胸前执勤灯的蓝光映照着她的脸庞。我站在那里,说不出话来,我感到自己真的成了阳刚男人,我可以证实自己的感觉,我用手摸了一下,是的,我是男人了。这怎么发生的呢?那次又是怎么回事儿,当我和玛莎一起迎向高潮时,我却突然间像百合花那样凋谢了。

我们最后一次见面是她来医院看我那次,她穿着银扣子的蓝色大衣,当她在我床边俯下身来时,那些纽扣像桥头的路灯那般晃眼。她吻我时,胸兜里的黑色值勤哨先掉了出来,砸在我的牙齿上。然后她在我床上坐下来,坐到了我缠绷带的手上,不一会儿她就得离去。这时同病房的一个病人从麻醉中醒过来,想坐起来,发现自己被绑在了床上,他大喊着:"马科萨,松开车把,松开,马科萨!"他从绑带里挣出一只手来,在床底下摸索一气,摸到一只玻璃尿壶,抓起来使劲扔了出去。尿壶飞过房间,在我床边的墙上砸得粉碎,尿液四溅,溅了玛莎一身,她起身离去时,头发上还闪着发亮的水珠子。到了房门口,她给我打了个飞吻,此时我才看了她一眼。

后来出院时,我环顾四周,但没有人来接我。那天我很忧伤,因为旁边床上躺了一个十五岁的小姑娘。她在柜子里发现了一双毡靴,那是她父母给她准备的礼物。她忍不住诱惑马上换上它们去了布拉格。火车在萨塔利采的山崖处与另一辆客车相撞,女孩的双脚被挤压在座椅中间,后来截肢了。当她从麻醉中醒来,一直喊着:把毡靴放回柜子里去,毡靴……

出了医院,我独自走着,经过商店橱窗时,我都认不出自己了。我寻着自己的脸,找不到,玻璃上是另一个人……到家后,独自对着大衣柜的镜子,几乎把脸都贴了上去,我仍然觉得不是自己,直到我抬起一只手,镜中的那人也抬手,我抬起第二只手,那人也做同样的动作。我看见,铁道边站着一个瓦匠,那个身穿白大褂的壮汉,身上溅满白灰点,石板地上立着美力马牌的灭火器。瓦匠望着我,手里卷着一颗烟,然后塞到唇间,划亮火柴,用手拢住火,哈腰,点上烟,他的视线一刻都没有离开我,仿佛我们之间横亘着比斯特日采小镇旅店的那扇房门,那扇虚掩的门,门缝间,我从里边探出半张脸,门外的瓦匠也探进头来……那次感觉好像另一边有人与我同步,握住了同一个门把。现在我明白了,那个身穿沾满白灰点大褂的壮汉瓦匠,是上帝的化身……

几列货车通过了车站,又过了一列客车,机车头的车缝里透出一丝光,好比游泳场上姑娘抬腿间,偶尔从花色泳装里钻出的体毛。司炉卖力地往锅炉里添加煤,光束投射进黑夜,司炉忙碌的身体在煤水车壁上投下动感的影子。信号机交替变换着"进站"和"出站"的红色和绿色灯光,不同的光映照在白色的牌子上,垂直的窄方形是直轨的标记，水平的矩形块为岔道的标记，而在"利物浦"旁边的死轨，那里彻夜亮着蓝色的灯。在颜色变换时，远处的信号灯灯臂发出嘎嘎的响声，值班室的仪器和电话铃声此起彼伏，线路接错的话，操作台的按钮设置在打开线路终端时就会发出鸣叫。在这种喧嚣中，调度员胡比齐卡踱来踱去，那列半夜到达的载着二十八节弹药的严密监视的军列让他焦虑不安。

他在线路图上盯着它的踪迹，然后侧耳倾听，在暗中盯着漆黑一片的月台，再朝候车室张望。而我一直在思念玛莎，为见面之后再出现那样的情况该怎么办而揪心。我长时间伫立在月台上，眺望夜空，在上面我看见了自己的电影：玛莎的身体横贯天幕，我像胡比齐卡面对电报桌上的兹登尼奇卡那样，一件接一件脱下了她的衣服，赤身裸体的玛莎呈现在我面前，而我却手足无措，不知道接下来该做什么。我清楚自己在这方面没有任何经验，我还从未碰过任何一个女人，除了在妈妈肚子里，而这段经历我也已经没有了记忆……

我听见站长夫人顺着楼梯走向地窖，她一手举着蜡烛，一手端着一锅面剂子。她走到地下室时，几只鹅惊恐地叫起来。我在站台上，从一扇窗户看到地下室里，站长夫人连同她佝偻的影子一起弯下腰，从锅里抓起面剂子，掰开鹅的嘴巴塞进去，然后像折刀似的合上，扯直鹅脖子让面剂子进入嗓子，完后又抓一把面剂子，沾一下水继续喂，鹅挣扎着。

"我去去就来，您替我一会儿，"我对调度员说，"我去方便一下。"

我手扶墙壁，小心翼翼地探着步子沿螺旋形的楼梯摸下去，悄悄推开地下室的门。

"站长夫人，别怕，是我，米洛什。"我说。

"怎么啦？"她一脸惊慌，站在那里，手里捏着面剂子，身后的烛光透过她灰白卷曲的头发。我看到她满脸的沧桑，这样一个灰姑娘，而此时她的丈夫正以兰斯基玫瑰男爵的身份活跃在晚宴上。

"是我，米洛什，"我说，"站长夫人，我向您请教来了。后天我要去会我的姑娘玛莎，那个乘务员，您认识吧？她又会要我……您知道的？"

"我不知道。"夫人嘟囔一句，弯下腰，沾湿面剂子，掰开鹅的嘴巴。

"您知道的，别假装不知道，我是来跟您讨教的……我从来都是男子汉，可当需要我证明自己的时候却又不行了，书上说这是阳痿，您知道吗？"

"我不知道。"她说着又往水里沾了一下面剂子。

"您知道。"我说，"嗯，我想……嗯，现在我男子气很足……不信您摸一下。"

"圣母玛利亚啊，"站长夫人小声说道，"我已经，米洛什先生，我已经更年期了……"

"什么期？"

"更年期。怎么会这样啊？"她浑身发抖，锅里的面剂子撒了一地。

我吓坏了，连忙去捡地上的面剂子，站长夫人也捡了起来。我边捡边告诉了她我割腕的原因，就因为在玛莎舅舅的家里，在"五分钟即取"的摄影棚里，我阳痿了，一切还未开始我就泄了。站长夫人不说话，捏着鹅喙。

"您摸一下，站长夫人。"

"我摸，米洛什，"说着她弯下腰来，墙上的影子也随着弯腰。她吹灭了蜡烛。

"我是个男人吧？"

"您是，米洛什。"

"可是，站长夫人，接下来做什么呢？您能教教我吗？求您了……精神病院的拉贝茨医生建议我找个上年纪的女人试着磨一下角……"

"可是米洛什，我都过了更年期了，对这种事我已经没有兴趣，真的，我理解您，假如我年轻一些的话。圣母啊，这个车站作了什么孽？调度员胡比齐卡闹出了盖戳的绯闻，现在您又要我试这种事……后天会一切顺利的，您知道自己是个男人，而男人……"

透过地下室的窗户，我看见胡比齐卡走上了站台，叉开腿，遥望天空。我知道天幕上已不再是女电报员及其翘起的臀部，而是悄然驶入了一列运输专列，二十八节车厢，突然间它灰飞烟灭，空中升腾起巨大的云团，越来越大，宛如夏日暴雨前出现在天上的城堡，越来越高……

"您不生我的气吧，站长夫人？"

"不，米洛什，这是人之常情……"

她手扶着墙，艰难地沿台阶往上走，直接上了二楼，然后在厨房和房间里走来走去，跟站长先生一样，当他对我们满腹怨气，又不敢当面对我们发泄时，就对着天窗乱嚷一气，再下楼来时就心平气和，烟消云散了。即使站长先生不这样做，他也会把一肚子怨气撒到他妻子头上，胡说八道，东拉西扯，转头就什么都不记得了。所以他永远不会像我那样去割脉，也不会推倒女电报员在人家屁股上盖一通戳。我早看明白了，站长先生不会走火入魔的，他会通过对天窗发泄，对妻子吼叫来释放自己。而他妻子也知道，什么时候该用湿抹布给他嘴上来一下子，或者劈头盖脸臭骂他一顿，就像那次给他一耳光那样，让他顿时清醒过来。

越临近半夜,调度员胡比齐卡先生越坐立不安。他随地吐唾沫,随时停下手里的工作,支起耳朵。我看出来了,他在等候门被推开,伸进一只手来,递给他一个命令或者一个小包裹。

当站长先生的大钟敲响十二点时,我说:

"这钟声敲得真好听。"

犹如一阵穿堂风穿过,门打开了,走进一位年轻女郎,身披皮毛大氅,敞着胸,里面的蒂罗尔①衬衣上绣着绿色的橡树叶和橡果,下边是灰色的裙子,白色羊毛长筒连裤丝袜,低腰皮鞋的前舌很长。她的装扮很像站长先生,只不过是女装而已。

她手里拿着一个包扎完好的小包裹。

"请问,"她说,"我要去科尔斯克②。"

"去科尔斯克,"我回答,"那您必须等到天亮,那得过河。"

"*但我必须去。*"③ 她坚持。

"远着呢,您去那里找谁?"

"找个朋友。" 她笑了,指着我问:"*您是调度员先生吗?*"④

"哪儿啊?那边那位是……"

"您是调度员胡比齐卡先生?"她问。

"*是的。*"⑤胡比齐卡回答。

"他呢?" 她指指我。

"*我的朋友。*"⑥胡比齐卡答道。

"米洛什·赫尔马。"我自我介绍。

"维多利亚·弗莱尔。"她身体前倾,把手伸给我。

---

① 奥地利西南的一个州,坐落在阿尔卑斯山脉的心脏之地。
② 位于宁布尔克,布拉格以东30公里。赫拉巴尔童年时的故乡,晚年的别墅所在地。
③④⑤⑥ 原文为德语。

"维多利亚·弗莱尔?"胡比齐卡一脸吃惊的样子。

我明白了,这就是那个消息。我看出来了,维多利亚·弗莱尔就是那只传递使命和消息的手,只是这个消息不但没有让调度员胡比齐卡高兴起来,他的脸色更加苍白,甚至有些心烦意乱。他已经没有任何欲望,甚至没有朝那个漂亮女人的臀部和胸脯瞟一眼,他的双眼善于把女人剥个精光。眼前的蒂罗尔女人,在我看来,美臀型和丰乳型全占了。我走上站台,打出绿色信号,给货车放行,然后我回到值班室,向下一站禀报了这列货车通过本站的时间。小包裹不见了,维多利亚打了个哈欠,伸了伸懒腰,冲我挤了一下眼睛,对她我油然生出一股信赖。当她提出需要休息一个小时的时候,我便打开了站长办公室的门,就像调度员胡比齐卡在多布洛维采弄折沙发那次。我走进去,拿上了我的大衣,铺到沙发上。油灯绿莹莹的火苗温柔地照着,我听见鸽子在窝里一直不消停,比站长先生走之前闹得更欢,像是里边钻进了一只貂或者黄鼠狼似的,一惊一乍叫唤个不停,拍打着翅膀。

"我的名字叫米洛什·赫尔马。"我有点口吃,"您知道,我割腕过,因为别人说我阳痿。但他们说得不对,虽然我和我女朋友在一起时像百合花那样枯萎,但我真的是个男子汉……"

"您还从没碰过女孩?"维多利亚一脸狐疑。

"没有,只是尝试过。所以我请求您,教教我……"

"您真的从来没有过?"她越发好奇了。

"没有,因为玛莎,当她在卡尔林的舅舅家钻进我被窝时,虽然她就躺在我身边,可我什么也没有做,因为,我已经告诉过您了,我像百合花一样枯萎了。"

"看来您真的没有经验。"她笑了起来,露出像玛莎一样的酒窝,她的两眼闪闪发光,像突然遇见了幸福,或者不期然发现了某样罕见物。她的手指开始抚弄我的头发，好像我是一架钢琴似的，然后她朝通往值班室的关着的门扫了一眼，伸手取下桌上的灯罩，"噗"地一声吹灭了火。她摸到我，一起退到站长先生的沙发上，然后转过身来，把我拉到她身边，爱抚我，像小时候妈妈给我穿衣或脱衣那样，她让我帮她卷起裙子，然后我感到她抬起并岔开了双腿，她的蒂罗尔皮鞋踏在了站长先生的沙发上，然后我们猛地紧贴在一起，就像我和玛莎重叠在一起的海军童照。一束光把我吞噬了，越来越强烈，我只想往前冲，大地在震颤，耳边响起雷声的轰鸣，我感觉这声音既非来自我，也非出自维多利亚的身体，它来自外部，整座楼的地基都在震颤，窗户哗哗作响。在成功进入人生那辉煌的时刻，我听见电话响起来，电报机自动打出了摩尔斯电码，偶尔在雷雨交加时，值班室才会发生这种情况。我觉得连站长先生的鸽子们都在以同一节奏咕咕叫着，甚至地平线升起来了，燃起火一般的色彩，车站大楼重新颤抖起来，地基微微震动……我感觉维多利亚的身体奋力弓起，她的金属鞋跟深深扎入麻布沙发，我听见帆布在撕裂，在不断撕裂，兴奋的痉挛从手指尖和脚趾尖向大脑漫延奔腾，突然一切变白，然后变灰，变褐色，仿佛热水消退，变成了凉水，后背感觉到舒适的疼痛，像是被瓦匠的钉子扎了一下。

我睁开眼睛，维多利亚的手指一直在我头发间摩挲，她气喘吁吁。透过窗隙，我看见遥远的地平线上升起了火焰般的红色和琥珀色，闪电一般。站长先生的鸽子惊叫不休，在窝里飞来飞去，撞到墙和天花板上，又摔倒在地，惶恐地扇动翅膀。

维多利亚坐起来，侧耳听了听，整了整头发说：

"什么地方发生空袭了。"

我打开窗子，把遮光布幔一拉，让它自动卷了上去。远处的山岭后面炸起一片又一片新的火光，染红了地平线，又落到山后边，落到某个不幸的爆炸中心。

"大概在德累斯顿，"说着她站起身来，梳理头发，梳子在长发间发出特殊的声音。我回想着她柔软轻盈的身体，联想她在单杠上腾飞的样子。

"您是做什么的？"我问。

"杂技演员。"她在浓密的头发间拉动着梳子，甩了甩头，"战前我们曾排练过'空中的多姿多彩'。"

我在沙发上坐下来，悄悄摸了摸麻布，沙发被扯成了两半，像压塌的海草。车站驶过一列货车，烟囱里的火星四溅，维多利亚站在窗后，掸去头发上的火星。原野土路上驰来两匹坐骑，红色的地平线成为它们的背景。

我站起身来，生平第一次感到从未有过的镇定。

"谢谢您。"我说。

"我也感谢您。"说着她拿起皮毛大衣走进了值班室，看了看手表，吐出一口气，把手伸进衬衣，调整了一下胸罩，走上月台。那里站着调度员胡比齐卡，叉着腿，仰望天空。他们交谈了几句，然后她又返回来，对我说：

"我必须马上去科尔斯克了。"① 她笑着，跨过站长先生的小花园，沿着菩提树荫消失在房屋之间。

站长先生骑着白马回来了，他轻盈地从马上跳下来，把缰绳扔给车夫。车夫双腿一夹，一溜烟回去了。

站长先生直接走到鸽子棚底下，叫道："我的小猫们，你们怎么受惊了？谁吓着你们了？我的长翅膀的小猫！站长先生回来了！好

---

① 原文为德语。

了！好了！"

然后他意犹未尽地走进值班室，在对面的一把椅子上坐下来，说：

"胡比齐卡，伯爵先生问候您，贝特曼·霍尔威格男爵带去了兹登尼奇卡的那堆照片，每个在场的贵族都很兴奋，想认识您。公爵先生让我转告您，胡比齐卡，他非常羡慕您，他说自己无论如何也想不出这一招的，他邀请您下周去他的庄园做客。我不得已在黑板旁边给参加晚会的人描述了事情的经过……"

他站起来，电报机呼叫起我们车站。

"德累斯顿车站，皮尔纳①车站，包岑②车站，运行中断。"③

站长先生走到站台上，冲着轰鸣声经久不息、连地平线都染红了的方向吼道：

"你们不该把整个世界都扯入战争！"

调度员胡比齐卡点亮了电报桌上的油灯，翻开桌角边缘的电报记录簿，示意我过去，好像要给我看里面的重要消息，但我马上就领会了他的用意。调度员心事重重，落在电报簿上的笔尖颤颤悠悠画出心电图似的弯曲线条。他小心地打开抽屉，我把视线从最后一行字斜向抽屉，油灯的光照在值班室里，抽屉底部一把左轮手枪闪着寒光，还有一个类似手电的东西，只有玻璃罩里边的表在悄悄地滴答走着。

"米洛什，"调度员小声说着，笔继续在簿子上画着一条消息，"米洛什，最好站在月台上把它扔到中间那节车厢。我们先给这列火车发'停止'的信号，最后一刻再给绿色信号……让它放缓速度。"

---

①② 德国地名。
③ 原文为德语。

"对，"我说。我感觉到，在候车室所有被布幔遮着的窗户缝隙里，到处是窥视的眼睛。所以我也拿起铅笔，在电报簿上划起消息来，然后我悄声说：

"您还记得吗？信号灯灯臂垂下来时，那列快车专列是怎样通过的？这样吧，我还跟上次一样爬到信号桅杆上，从上边我探出身子把炸药扔到中间那节车厢，然后再爬下来等待结果……那列严密监视的列车现在到哪里了？"

"过了波捷布拉迪①，半小时后就到这里。"说完他用肚皮把抽屉顶上，毫无意义地在电报簿上签了名。"难道你不害怕吗？"

"不，我从来没有这么镇定过……哈，我成为男人了，调度员先生，我和您一样成为了男人。我是个男子汉，多美啊！我现在浑身轻松，就这样……"我从桌上拿起剪刀一剪，"就这样我跟过去了断了。"我畅快地笑着，提起了电话听筒。

"是特快专列，"我说着用内线禀报："准备给专列调度，车号为五三六一。"我从控制台拔出钥匙，冲进黑暗里。地平线上那团巨大的红晕一直不肯消散，像不久前刚刚西坠的夕阳。我轻轻推上信号灯和信号机的手柄，头脑从未如此清醒，像小时候梦魇后被妈妈抚慰过一样。调度员胡比齐卡在办公室走来走去，盯着地板，他已经不再出去遥望天上。我和他一样感到肩负的重任。结果会怎么样？成功之后会有什么后果？我不去考虑这些事了，不是我不会想象，我已经把最终结果都预想到了。只是我把它抛在了脑后，只想专注于从信号架上把那个东西准确无误地投到那节车厢里，把整列火车都报废，除此之外我别无他想。夜空里除了冉冉升腾的那股云团，往外迸溅车皮、铁轨和枕木的残余碎片，我看不到别的。

---

① 捷克城市名。

我在想，其实这件事我早该想到去做，仅仅因为他们的坦克从我祖父身上碾过，我祖父凛然一人，迎着德国军团而去，双臂前伸，用催眠师的意念，让德国人掉头回去，退回到他们出发的地方。尽管祖父的头颅被碾进坦克的履带，但他的灵魂驱赶着一个个军团，一辆辆坦克，一个个士兵，让他们退缩回德国，退到他们出击的地方，被俄罗斯军队步步进逼的地方……然而我把祖父遗忘了，假如早点想起来的话，我早就会尝试去做别的事情。二十分钟后，我的那列装载弹药的专列就要进站，我一展身手的机会来临了，因为我不再是枯萎的百合。我不知道是什么使我浑身充斥了如此巨大的力量，我敢说，调度员胡比齐卡会越来越忧心忡忡，直至会迈不开步子，他只能叉着腿，盯着控制台，守着电话，等待我们那列严密监视的列车到站的消息。

我走回值班室，拉开抽屉，把炸弹放入上衣口袋。调度员胡比齐卡用身体掩护我，我把手枪塞入另一只口袋，然后用手指头把电报簿一行行过目了一遍，签上名，把铅笔放回抽屉。

调度员胡比齐卡走到黑板前，昨天黑板上就用粉笔抄满了所有严密监视的列车。调度员指着那列有二十节车皮的、发往前线试图去挽救溃不成军败局的军列，小声对我说：

"米洛什，我给你把时间定在最后一刻……"

"好的……哎，那辆专列怎么自己停下来了？"我说。

我走上站台，专列驶进了车站，刹住车，机车长跳下来说：

"惨哪，德累斯顿整个都被炸毁了。"

在他身后，从厢式货车里跳下一群人，穿着条纹裤子，像刚从集中营跑出来似的。等那一群人进了值班室，我才看清，这些人穿着条纹睡衣，外面套一件短大衣，一副死里逃生的样子，所有人眼神呆滞，眼睛一眨不眨。机车长颓然窝在椅子上，揉着自己的额头。

"德累斯顿成了一片火海，他们躲到了我的厢式货车里。"说完他艰难地站起来，像一匹疲惫不堪的马。他双手握拳支撑在电报桌上，又把手交叉在胸前，最后脑袋垂下去，站在那里一动不动。我以为他睡着了，那些德国人跟他一样，盯着地面，也许他们在重温那惊险的最后一幕，从家里的窗户跳入花园，再跑到大街上，满眼是折断的树干，残垣断壁。这些德国人的手都很长，几乎过膝，他们的眼睛一直没有眨几下，好像恐怖切去了他们的眼皮。

  对他们我已经不再同情，我可以为每一头罹难的小羊羔所遭受的不幸而哭泣，但对这些德国人我没有眼泪。还是我割腕住院的那段日子，我常去找我的姨姥姥贝阿特丽丝，她在医院的烧伤科当护理主管，是一位已工作五十多个年头的老护士。以前送来的大多是烧伤烫伤的病人，现在尽是从前线运来的士兵，躺在油槽里，几乎成了两栖动物。姨姥姥给他们做蔬菜汤，有的伤员实在熬不住疼痛，她就给他们注射吗啡。我常去她那里坐坐，她能给每个人带来平和的心境，也许源于她这么多年的资历，她身上蕴含了一种强大的力量，只要她望谁一眼，那人马上就会平静下来……然而当我为这些德国士兵暗自垂泪，当我看到他们的孩子、妻子前来探望他们，这些躺在油槽中的士兵向他们交待遗嘱，嘱咐妻子去找谁重建家庭，怎样安排孩子和财产的时候，我会站起来准备逃离，可姨姥姥会把我摁回椅子，她一边切着胡萝卜、芹菜根和香菜，一边哼着歌，每次唱的曲子都不一样……"明天弗吉瑞特·舒尔茨将死去，弗吉瑞特·舒尔茨将死去，死去，死去……"或者"在布拉格桥上，铃兰花盛开了……"她一边切着胡萝卜、芹菜根和香菜，一边考虑，明天要给下士舒尔茨加大吗啡剂量了，让他少受几天罪，反正他已和家人道过别……第二天她会唱"奥伯莱特南特·迪迭明天将死去，他明天将死去……"接着唱"我的姑娘送我一枚金戒指……"她切着蔬菜，我则看着那些躺在浴盆里的男人，个个像在洗澡似的。我不希望他们明天就死去，而是希望他们能回到来探望过他们的妻子或者恋人身边，因为伤员一旦转到姨姥姥这边来，基本上就是没救了。

眼前这些从德累斯顿来的人，我不能同情他们，他们只能自己可怜自己，他们自己也知道。机车长站起来，对他们说：

"你们本该呆在家里，*踏踏实实坐在自己的屁股上。*"①

他走回站台，一挥手，机车开动起来，他一跃跳上了机车。

"这些德国人是上帝派来的，"调度员小声说，"警示我们，万一……"他的话音未落，我听见从轨道上传来警卫室锤子敲击破钟发出的信号，我马上意识到，我的火车来了。我走进办公室，调度员手持听筒，脸色煞白，从他的脸色我即能判断，我们那辆严密监视的军列来了。

我拧动钥匙，德国人围在炉子四周站着，像广场瘟疫柱上的雕塑。其中的一个突然放声哭起来，哭声很怪，像站长先生的鸽子被空袭惊醒时发出的叫声，然后才是人一样的哭声，此时他的身体放松下来了。其他德国人开始擤鼻子，也泪流满面，开始哭泣，每个人哭得都不一样，总的说来还是人的哭声，他们为自己的遭遇痛哭。那个把脑袋靠在墙壁上降温的德国人，鼻子里淌出血来，在墙上流出一道红线，流向地板。

调度员胡比齐卡看看我，他又把工作帽往下拉到额头上，抬起下巴才能望见人。

我冲进信号房，打开信号机，打出"进站"信号，把"离站"信号设置暂停。调度员来了，我从大衣兜里掏出那个仪器，借着手电筒的光亮，一圈圈拧起来，像是在给照相机调焦距。

鸽子们始终不肯入睡，咕咕叫个不停，有的在睡梦中跌落下去，

---

① 原文为德语。

只听见它们的翅膀拍击着墙壁。然后调度员向我伸出一只手来,冰凉潮湿,像塞过来一条鱼。

我沿着轨道走去。那团长长的云团越过月亮,开始洒下冰凉的雪。我转身看见远处的火车头那屏蔽的灯光。月亮飘离了那团雪云,原野在冰冷的寒夜泛着白光。我重又听见那些冻硬了的雪晶体在滴答作响,仿佛每一颗雪粒里都藏着一根彩色的秒针。然后我像爬梯子那样爬上信号桅杆,那团云赶过来,雪花重新飘落下来,柔软如蜉蝣。

我跨坐在灯杆上,机车进站了,哀怨地咆哮,因为没给它"通过"的信号。我感到随着信号灯臂的抬起,我的手也抬了起来,信号灯由红色转为绿色。在"通过"这个位置,信号臂以足够大的阴影遮掩住了我,因为它比我还庞大。机车鸣叫着,我看见调度员给司机举起了绿灯放行。我坐在信号灯上,雪洋洋洒洒,雪花啄着我的脸,眼看它越下越密。我一动不动,手中紧握那个东西,听着它的滴答声传到我身上。火车头驶过了,上面罩着帆布,这是为了司炉在添煤时,空袭的飞机从远处不易发现目标,然后过了一节又一节车厢,低矮的敞篷车皮装载的全是弹药箱,上面铺些稻草,三节,四节,五节车厢,我默默数着。

月亮躲到了昏黄的云团后面,云团向地面撒落着稠密的雪花,月亮依旧隐约可见,就像沉在小溪底部的铁环,滑过浅浅的河槽。七节,八节,九节,雪越下越大,在迷蒙中一时看不清了火车的车头和车尾。十一节,十二节,十三节,我把手里的仪器轻轻投了下去,就像把一朵花儿抛向河面。我数得很准,那节车厢一露头我就扔了下去,那东西恰好落到了车厢中间,车厢稳稳地接住了它,它躺在了车厢的怀抱里,带着这列严密监视的列车驶向终点。

我一直目送着那节车厢,那第十四节车厢,盯着它怀里的那一团黑点,直到它模糊起来。我打算在这个位置看四分钟,直到那一刻,像守林人,守望那惊天动地的一刻来临。随着最后一节车厢的驶近,我发现车尾岗哨突然射出一股长长的火舌,向我聚来,我连忙掏出左轮手枪,看到了枪管在我身下一亮,我开了一枪。同时车上的岗哨里也有人射击了,我的手电筒掉落到地上,在石子层上依然亮着,火车的岗哨里有人栽了出来,滚到了壕沟里。我感到肩膀一阵疼痛,左轮枪从手里坠落,我自己也一头栽了下去,可是蚂蟥钉钩住了我的大衣,信号灯咔嚓一声由绿色变为红色,信号臂垂直荡了下来,到了水平方向。

我头朝下倒挂着,听见自己的大衣在哗哗撕裂,口袋里的钥匙、硬币纷纷掉了出来,顺着我嗡嗡作响的耳朵散落到地上。我看见火车渐行渐远,开始拐弯,在我眼里它的车轮朝上,像是沿着黑夜的天花板在行驶,车尾红色的灯远去了。我看见信号杆旁边那个躺在壕沟里的士兵,他蜷缩成一团,雪洒落在他身上,他的帽子丢了,光着脑袋。我的外套慢慢被扯开了,我感觉血从衬衣下面顺脖子流到了头上。大衣被撕裂了,我头冲下摔到了浸透油污和蒸汽、颜色已经发黑的砾石层上。我双手着地,石子尖利的棱角扎破了我的手掌心,随后我滚到壕沟里,滚到了那个德国士兵身旁。他侧卧着,双脚在原地蹬踏,像在不停地跋涉,脚上的大头皮鞋把雪扒拉开了,露出了冻土和草皮,他捂着肚子在呻吟。我用手掌捂住嘴,咳了一下,吐出血来,那个德国兵击穿了我的肺,而我大概把子弹射到了他的肚子里。

现在我明白了,为什么调度员胡比齐卡整晚整晚地吐唾沫和吐痰,因为他早就预见了我的结局,因为他从来不曾害怕过,显然这件事超出了他的承受力,他好像预先看到了这件事的结果……我望着天空,雪花从那里飘落下来。我翻过身去,吃力地爬向那个士兵,他呻吟着,不断重复着一个词:

"妈妈,妈妈,妈妈!"他呼喊着,我看着他,吐出几口血来,我知道，他呼唤的不是自己的母亲，而是他孩子们的妈妈，因为他的头都秃了。我凑近他一看，发现他长得和调度员胡比齐卡像极了，真让我吃惊。他用双手使劲摁着肚子，似乎想要离开自己洞穿的躯体。他一直在原地踏步，笨重的鞋底踹掉了积雪，在冻土上划来划去。

我摊开双臂，面朝天躺下，血顺嘴角淌出来，胸口火烧火燎。猛然间，我看到了也许调度员胡比齐卡早就看到的东西，那就是我的完结。我现在唯一能期待的就是军列被炸飞上天，做到这一步，我已别无他求，因为等待我的只有死亡，不是死于胸口的这一枪，就是德国人抓到我，按他们的惯例把我绞死或者处决。我幡然醒悟，原来命运早就注定了我的另一种死亡方式，而不是我在比斯特热采小镇自己尝试的那种。我遗憾自己把子弹射入了那个德国人的肚子，使他捧着腹股沟双脚蹬个不停。我清楚他已回天无术，因为被射中腹部是致命的，必死无疑，只是通向死亡的路很长很长，似乎遥不可及。他在原地跋涉着，有节奏地反复呼喊：

"妈妈，妈妈。妈妈……"

他的军靴犹如踏着我的脑仁，我转过身去，用胳膊肘撑着身子爬到他脚边，想用双手摁住它们，然而那双脚动弹得厉害，像机器上的手柄似的一下子就挣脱了。我从外衣兜里掏出绳子，这绳子是旅客随车托运自行车或者童推车时，给他们系标牌用的。我擦了擦嘴边的血，先系上一只脚，第二只脚蹬回来时，也给系上了。两只脚暂时停止了摩擦，仅是蹭来蹭去，不一会儿绳子就挣断了，两只脚重新在地上搓起来，甚至节奏更快，他大声嚷道：

"妈妈！妈妈！妈妈！"

他的喊叫声唤起我不愿去想的事情。清晨，我的妈妈将会站在窗帘后面等我回家，而我永远也不可能再踏进家门了。从小路一拐到广场上，妈妈就会抖动窗帘表示她在等我，表示她看见我了，她感觉无比幸福。我上夜班时,妈妈从来睡不踏实,也许这个德国士兵的妻子也一样,自从他上前线后,夜不能寐,站在窗帘后期盼他的身影出现在小路上,朝她走来。就是这个人,此时在原地踏着步,呼唤着她,走啊走,完成自己别无选择的漫长的死亡旅程。我匍匐过去,对着他的耳朵喊道:"安静!安静!"①

那个士兵知道了自己的处境。我把手伸到雪地上,想喘一口气,手却碰到了冰凉的枪筒。我侧过身,德国兵躺在那里,我对准了他。我把枪放到心脏的位置,只是我已分不清左右了,我只得把两只手都试了一遍,看哪一只手会写字。辨清左右后,我把枪放到他的心房上,为了让他不再叫喊,不再烦我,我扣动了扳机。随着枪响,一团火光烧糊了他的军装,一股棉毛的糊味扑鼻而来。那个士兵反而以更大的声音喊起孩子们的妈妈、自己的妻子来,双脚也在原地蹬踢得更加剧烈,好像这已是最后的几步,马上就到小花园,花园后面是一栋小楼,小楼里面住着他至亲的亲人……

雪停了,姣美的月亮露出了头,周边的每一片雪花都滴答着彩色的秒针。士兵脖子上的银链子一闪一闪,他双手抓住链子上的一个东西,更响亮地喊道:

"妈妈!妈妈!"

我用枪瞄准他的一只眼睛,再次扣动扳机,同时我那么奇怪地趴着,随后我听见他一声不吭了,看见他的双脚缓慢而无声地走到了终点,最终停了下来。我趴在他身上,好似往他身体里注入了平静和沉默,听着他像机器那样坍塌,一切归于沉寂。血从我身体里汩汩涌出来,弄脏了士兵的军装。我抽出手帕,试图把这一团血污擦拭干净。我长出一口气,觉得胸口闷起来,我竭尽全身的力气转过身,伸手抓

---

① 原文为德语。

起士兵握着的那条项链。他的脸平和下来了，只是右眼成了一个黑洞，好像蓝色的单片眼镜……

我扯下死者手里的项链，借着月光，我认出它是一枚徽章，徽章的一面是绿色的四叶草，另一面写着：赐你好运。这棵四叶草并没有带来什么好运，既没有给他，也没有给我。这个士兵跟我或者跟调度员胡比齐卡一样，没有得过勋章，没有军衔，但我们相互残杀，置对方于死地。不排除这种可能性，假如我们在和平的年代里相遇，没准会成为朋友，聊上几句话。

爆炸声传来了。不久之前还十分期望目睹这壮观一幕的我，此刻躺在德国士兵的身旁，一动未动。我伸出手去，掰开他僵硬的手掌，把那个祈福的绿色四叶草徽章放回他的掌心。此时远处的天空里升腾起蘑菇般的云团，不断扩散成几层楼那么高的烟云。我听见受压的空气滚过原野，穿过树枝与灌木丛，发出刺耳的呼啸声，信号灯的传动链急剧抖动，紧贴着信号臂，弄得信号臂也颤动不已。我咳起来，开始大口大口吐血。在我失去意识的最后一刻，我抓住了那个死尸的手，对着他已无法听见的耳朵，重复了那个把那一群走投无路的德国人从德累斯顿拉到这里的专列机车长的话：

"你们本该呆在家里，踏踏实实坐在自己的屁股上。"

小汽车

一

乡村之行从来都是震撼人心的。铁匠铺里正烤着狗肉，一条狼狗，被人用枪射中了后脑勺，二十公斤的净肉。这是一条恶狗，平日里扒篱笆，跳围墙，夜里还仰望月亮哀嚎。它之所以这么恶，是由主人造成的：忘了适时给它更换颈上的项圈，铁圈勒进脖子里，取不下来了。

它滚烫的肉抹了蒜泥和盐，如羊腿一般美味，或大块或小块，分给了全村的人。我在商店里用叉子尝了一小块。

我这次要去的是库尔克家，我答应送他一本自己的书。有人骑在自行车上大声奔告：死了！它死去了！我站在栅栏后，薄薄的木条把我与那个沿栅栏远去的脑袋分隔开来。这是个菜园子，种着土豆、小菠菜和绿叶甜菜，农具棚里传来小猫哀怜的喵喵声，俨然在告诉别人自己又长大了十公分。

它为何叫个不停？我问。

老猫被车压死了，剩下这只小瞎猫，库尔克说，脸上绽开微笑，灰白色的拉碴胡子，中分头，跟胡子一样蓬乱的头发从头顶垂向两耳。他推开黑魆魆的柴棚门，新割的草堆上有一只小猫，盖着土豆秸，两条后腿颤颤悠悠支撑着小身子，已不再是哀怨的喵喵声，而是声嘶力竭的狂嚎，连小爪子都在呜咽。一缕阳光透过洞开的门，库尔克先生重又把门关上，幽冷的暗色淋到小猫身上。

它只得认命，库尔克说，耸了耸肩，眼睛像勿忘我一般湛蓝。同样，库尔克先生也必须认命。在春天里的某一天，他走进家门，妻子坐在柴棚里，身后排着一群小鸡。库尔克夫人端坐着，如埃及王后，又似尼罗河女神，怀里抱着的电炉还在不断往她身上漏着电，她已经死了。这个地方在天冷的时候，惯常用电炉取代孵化器给小鸡们取暖。库尔克先生只得接受这一切，慢慢习惯吧。

我问库尔克：刚才那个女的嚷嚷什么？她的什么死了？我的天，不会是孩子吧？不是的，博胡谢克①，她的小猪崽昨天被割伤了，打针也不管用，死掉了。牲口没了，农舍里就会笼罩悲伤；如果主人死了，博胡谢克，牲畜也会哭呢。库尔克接着说：你送我这本书，我该拿什么回报你呢？他走过来又踱过去，眼神一碰到我就挪转开，转向院子方向的天空。紧挨着铁篱笆堆放着一捆棕色柳条，库尔克会用柳条编织物件。我弄不明白，这些干硬的枝条如何能编织出篮篮筐筐来，大概事先得煮一下或者浸泡到小河里吧，那样它们才变得柔韧。

那我走了，我说。为了掩饰尴尬，库尔克没话找话说：埃达怎么还没有来？昨天他答应说要来的。

安芭拉太太问我：哪只是您的猫来着，喜欢整天坐在小河边，一动不动地看着河水？我说：那是施瓦茨瓦尔德，一只最笨的公猫。什么都不会做，除了每天下午蹲在凳子上往水里看，为了看见整条溪流的水，完整无保留地从自己的面前淌过。它还会做的另一件事是，当我们俩一起往小溪走时，它先于我走出家门，每走三米就停下步子来，像箱子盖似的往后仰起小脑袋，抬起身子，我只得把它抱入怀

---

① 博胡米尔的昵称。

里,它闭上双眼,我把它贴近我的脸,在那一瞬间里我们俩融为一体。惟独我们俩在一起时,我才能感受到,它怎样沁入我的心田,然后复活,苏醒。它在我跟前步出三米远,重又回头思念我,撒娇亲昵一番,如此反复。我们缠缠绵绵,心心相印,直到走近溪边。我常说,这是我养的三只猫里最笨的猫,虽然身体最壮实,独自却什么也干不了,总要找其他两只猫讨主意,它自己表达不了时,只能由伦达或者马尼奇卡来代劳。因为力气大,施瓦茨瓦尔德还有一个名字叫卡西乌①。

　　大雪纷飞的日子里,我的猫咪们总以为,我一迈出家门便不再回来了,于是它们先后看护着我,踏着厚厚的积雪,一路陪伴我前去酒馆,三个小黑点在我身后跳跃前行。它们在酒馆门口无怨地候着,直到我走出酒馆,一道回家。返家途中,我只得把它们轮番抱起来,捂暖它们冻僵了的小爪子。到家后,虽然一路埋怨,它们还是原谅了我,和我一起蜷缩到床上,共同进入梦乡。

　　很让我头痛的是,第一只猫在半夜十二点起床撒尿,第二只在一点半,第三只在三点。我就像钟点旅馆的守门人,在夜里不停地起身。

　　妻子周末来看我们时,每次都要叹息:我们拿这么多的猫怎么办?我安慰她说:你不是不清楚,现在我们一下子有了五只猫,挨不到春天它们都会丢失。有一只不回来时,我们会在夜里出去寻找,呼唤它的名字,然而徒然。接着是第二只,第三只,最后只剩下了一只,我们揪着心,怕它出去后再不见踪影……然而妻子见到这么多小动物,依然唠叨个不停:我们拿这么多的猫怎么办?尽管如此,她还是满心欢喜期盼清晨的到来。我醒来后,起床去打开门,五只略大了

---

① 卡西乌(前85—前42),古罗马将领,刺杀恺撒的主谋之一。

一点的猫便奔入厨房,先舔净两盆牛奶,然后一起扑到床上,钻进被窝里取暖。每次我分出三只猫到妻子的床上。就这样,小猫挤在我们的身边,心满意足地进入梦乡。

伦达、赛格米勒和施瓦茨瓦尔德常常和妻子睡一床,我床上的那两只,我给那只白腿、白胸的黑猫取名施瓦尔察娃,另一只小虎斑猫叫长筒袜。我最钟爱施瓦尔察娃,百看不厌。她也出奇地依恋我,每当我用双手掬起她来,贴向前额,对着她的耳朵倾吐亲昵的话语,她都会作出晕厥状。我,一个上了年岁的老人,头发稀疏,满脸皱褶,不期然也不可能去爱上某个俏丽的女人。只有我的猫咪们深深恋着我,一如我年轻时对女友的迷恋。在猫的眼睛里,我是他们的一切,是他们的父亲和情人。最爱我的是那个白腿、白胸的施瓦尔察娃,只要我看她一眼,她就变得感性而温顺,我忍不住把她抱起来,她会因我情感的流露而晕眩,而她感情的回流也会让我凝噎。在那些早晨,与五只猫同眠一床,这是我们的全家福,这些猫,是我们的孩子。

然而每天早晨,当猫们暖过身子,从彻夜的寒冷中缓过神来,突然间会群体比着撒欢嬉闹。它们打架,在窗帘上荡着玩,满屋子飞奔,上窜下跳,小脑袋撞着柜子、磕着椅子的声响不断传来。它们在厨房里折腾半个小时,把我们的衣服从椅子上扯下来,把抹布从厨房叼出去,撕扯着玩;把皮鞋和拖鞋抢来抢去;钻进被子在黑暗里斗殴,纠作一团;把桌上的东西往地上扔……这种闹剧一般要持续半个小时,直到它们喘作一团,舌头都耷拉出来,才精疲力尽,瘫倒在绿地毯上。它们趴在椅子上,相互舔着,长时间用舌头梳洗对方,清理脖子和脑袋上的毛,接着又睡去了,甜美地打起呼噜……

只要当外边下起了雨,这样的闹剧每天上演。天气转冷,当雪花飘落下来,小猫长成了公猫和母猫。清晨我打开门,这些猫先进屋取暖,喝牛奶,天寒地冻时,它们会在炉前挤成一团,伸长脖子烤着小脑袋,直到脑袋上升腾出氤氲水汽。漫长的冬季让每只猫变得持重严肃起来,有个问题让它们害怕,万一有一天我不来了呢?

猫咪们一般睡在阳台上,凉亭下的干草堆里。从二层阳台能瞭望林中那条直通往公路的小道。每当我搭乘公交车,踏着积雪前来,我会从路上的某个拐角处往我的阳台,那个露天的四方平台上张望。我看见凉台的地板上,猫咪的耳朵竖起来,然后猫们就争先恐后跑出来了。我看见它们的小爪从木楼梯上飞奔而下,迎着我狂奔而来,围住我舔个不停。我总是把它们一个个抱入怀里,吻着它们的颈窝,它们紧紧贴着我。我没有把它们忘记,这让猫咪们欣喜若狂。

我打开走廊上的门,桶里的水结了冰。我推开房门,小动物们挤到炉子跟前。我很快用木柴点上火,烧上暖气,动手热牛奶。有好几次厨房盆里的水居然都冰冻了……半小时后,炉灶和管道开始热起来。猫们享用完牛奶,全都把脑袋靠近炉子,长时间烘烤着,个把小时后才离开,分别躺到各自的椅子上睡觉。我给它们切好鱼,准备好肉,把奶酪撕成小块,然后坐下来写我的文字。打字机嚓嚓响着,我写得很凌乱,顾不上考虑文本的文体样式是否纯净,我必须赶紧写,好腾出时间照料我的猫咪。

每只猫,虽然闭合双眼躺着,却睐开一条缝隙打量我,伴着打字机的声响睡觉,这让它们觉得特别安心。写了一个小时后,我穿上毛皮大衣,走入户外凛冽的寒冷里去散步。我总把门掩着,为了方便猫咪们去树丛里撒尿。夜间我会在盆里装上沙子,以防它们不想出门去,或者我睡得太沉。我在睡梦中,猫咪先从椅子上跳下来,走到门边喵喵叫唤,一般听到它们的叫声我会醒来。夜里我常起身,把小猫放出去,听到叫声再开门把猫放进来。逢上雨天,我用毛巾替它们擦干爪子,因为凌晨时炉火已经熄灭,五只猫会跳到床上来贴紧我睡。就像事先约好似的,每只猫都有各自固定的位置。但我的头边只能躺着施瓦尔察娃，只有她有权挨着我的脑袋入睡，其他的猫或在我的腿边，或靠着我的背。所有的猫在入睡前都会甜蜜地呢喃几声，然后轻轻地打起呼噜，蜷缩成一个球。太热的话，它们仰天而卧，姿势非常优美，有时热得连肚皮上的毛都湿透了。也许那是惊吓出来的冷汗吧，一旦有一天我来不了了，它们该怎么办呢？

我也时常自己驾车去看望它们，但只在风和日丽的日子里。开车途中，速度稍快一些时，我会下意识地减缓下来，假如出了车祸，我的猫咪谁来照管？我只超越拖拉机、卡车和那些缓慢行驶的汽车，万一超车时发生碰撞，我的猫可怎么办？所以在霜冻、下雨、雪花飘落的时日，我宁愿选择坐公交车，为了保证安全到达，让我的猫咪感觉欣慰。即使在公交车里，坐到第一排时，我的心也会一紧，是否会发生撞车？于是我换到中间排，那样出事的话，受伤的危险概率最小，不然，谁去给我的猫咪喂牛奶呢？

当我穿上外套，不得不返回布拉格时，小猫们一下子变得乖巧、忧戚起来。施瓦尔察娃，性格里天然拥有卓别林的天分，她想搏得我一笑，于是跳来蹦去翻筋斗，然后定定地看着我，希望我回心转意，留下来不走。平时两只猫打架，只要我一拿起衣服，它们马上就住手，跳到各自的椅子上，彬彬有礼地趴下来，似乎只要我不走，它们就会一直这样听话，或者，即使我离开了，把它们留在家里，它们也会这么乖。每只猫都做出无比乖巧的样子，为了让我不把它们弄出门去。然而我必须这么做。我把它们一只只抱起来，放到门槛外，它们象鱼儿一样从我的手中滑落。我锁上门，心情和这些猫一样地忧伤。我踏着云杉林间的小路而去，穿过拱门，走入绵延的林荫道，我最后一次转过身来，眼前总是呈现同样的场景，每每让我心悸：栅栏的缝隙里探出猫咪的小脑袋，五张小脸巴巴地望着我，怀着一丝希翼：我能返身归去，重新回到小屋里，和它们一齐聚在暖暖的火炉旁……

这样的情形常发生在布拉格的日子里。当我忧郁无法自拔的时候，当我因紧张和恐惧大脑一片空白的时候，当我孤独无助的时候，我会跳上公交车。

汽车在皑皑雪原行驶的个把小时的车程里，我忐忑不安，我不知道我的猫们是否还活在世上。下车时，我双膝发软，我又踏上了林荫道。当所有的猫迎向我跑来，我双手捧起它们，压在自己的额头上，它们茸茸的皮毛让我的宿醉和抑郁骤然减轻。我一次又一次贴紧它们，猫咪们感应到了，也紧紧地贴向我。我点燃炉火，给它们分香肠，倒牛奶。而施瓦尔察娃，她明察自己在我心中独有的分量，感激我对她的珍视，眼神里分明透出这种理解，这让我惊奇。能拥有她是我的幸福，共同的秘密把我们的心系在一起。她坐在椅子上望着我，我蹲下身来，她长久倚着我，把小脑袋放入我的掌心，小脑袋恰好熨帖我的手掌。

我的心颤抖起来，又不得不回布拉格去，晚上有个读者座谈会在等待我。我又得把这些猫一只只驱赶到门外的寒风里，赶入潮湿的林丛和孤独。我分明看到它们流露出的害怕眼神，可怕的分别就在眼前。它们又将耽入担忧，我何时回到它们身边？我是否从此对它们的命运撒手不管？而让我揪心的是，它们是否会被人射杀，是否会消沉而不再朝我奔来，或者在公交车站被来往的车辆轧死。为了摆脱痛苦的折磨，我走向我的猫咪，用额头一一亲抚它们，对我而言，它们是治疗头疼的湿手帕。最终我迈上林间小道，转过身去，栅栏的缝隙里依然是那五个小脑袋在巴巴望着我，它们一直目送我拐向汽车站。

在车上，我把头缩进竖起的衣领里，我沉入心底，自责不已。我怎么忍心扔下这些善解人意的小家伙，等待它们的是潮冷的夜晚，刺骨的寒风，它们只得相互盘缩成团，用呼出的热气温暖自己的小爪和皮毛，互相用身子温暖对方，进入梦乡，编织我回来的梦想——倘若这是真的多好。

科尔斯克的夜晚极其漫长，对人来说也漫长难挨。有时这些猫让我心力交瘁，我甚至希望，世上不曾有我，这些猫咪也从未出现。

惟有在周末时，我、猫咪和妻子才欢聚一堂，我一周两次在科尔斯克的乡间别墅过夜，我们都感到幸福无比。然而小家伙们知道，今天是星期天，下午我们就得启程。忧伤的气氛在中午时就弥漫开来。每个下午，只要我在科尔斯克，猫咪们专门候着我躺到沙发上，盖上毯子，它们知道，这也是它们的午休时间，于是一只接一只紧挨我躺下，钻到毯子下，毯子一直护到下巴颏……而在星期天，小家伙们清楚，躺下也是枉然，用不了多久我们就会动身，快乐即将终止。

那一阵我听说，猎人们在林中猎杀猫咪，割下尾巴，每条猫尾巴能得三十克朗。远处传来一声枪响都会让我一怔，我赶紧冲出门去，唤来我的猫咪清点一番，看是否有一只倒毙在地，被割走了尾巴。那一阵我还听说，周围出现了收猫人，除了假装收购大大小小的公猫母猫，还猎捕没主人的野猫，送到布拉格研究所，每只猫换取五十克朗报酬。在研究所，一种嘀嗒作响的计数装置植入猫的脑袋，监测大脑皮层和血管脉动。我还是不要知道这些为好，枪声已经足够让我神经质，一想到我的某一只猫被运往布拉格，一周后因承受不住科学试验和研究，带着脑中的计数装置死去。这种想象令我发疯。

多少次我在凌晨醒来，无法入眠。我恍惚听到越来越清晰的嘀嗒声，这是一种善意的幻觉。我爬起来。我受不了秒针的嘀嗒响声，从来都把手表裹在围巾里。我把表连同围巾拿进厨房，把它塞到橱柜里汤锅的后面。然后我摸索回床边躺下，片刻后手背扶额，眼睛望向朦胧路灯光影里的天花板。我重又听到了嘀嗒声，然而它不是来自外界，而是在我的大脑里。我感到我的头颅也被植入了计数仪，它嘀嗒纪录着我的大脑脉动和心脏搏跳。小猫脑中的仪器会一直嘀嗒响个不停，轻者让我疯狂，重者让我死去。猫咪常常让我胡思乱想，心神不宁，不仅为自己的猫，也为所有被买去或抓去用于科学试验的猫。当我夜不能寐时，这些面临灾难的小动物们，那些不幸的镜头在我眼前真切浮现。猎人抓起猫咪扔给笼子里的猫头鹰，饥饿的猫头鹰就等待这一刻。当我辗转反侧时，总是想起这些小动物，猫，猫头鹰笼子里的猫咪，这些情景与真实体验跃然而出。

一个冬日的星期天，一辆小车在我们的别墅门前停下来。下来几个人，走进门告诉我说，他们的虎斑猫不幸死了，听说我们养了五只猫，很想从我这里挑一只花猫带走。那个女人，一见公猫伦达，立刻忍不住嚷起来，如果不是亲眼看见自己的猫被碾压在车轮底下，我们的伦达活灵活现就是她养的那只花猫。这突如其来发生的一切让我愣神，我居然没有阻止那个女人把伦达搂进怀里，然后带走，我甚至没顾得上问她家里是否有花园，他们是否常出门旅游，是否会像我们那样爱伦达……

伦达走了。他紧贴那位太太的身子，俨然那个女人就是我。那天我们所有人都怅然若失，无所适从，甚至忘了回布拉格去。伦达给我们留下如此大的空缺，因为他从来不自顾自玩耍。他长得英俊，比其他的猫高大。伦达是监护，他看护同伴们，是它们的首领。他做什么，别的猫都效仿。现在伦达离开了，我开始发起烧来。我在门前的空地上来回踱步，骂自己如此轻易就交出了伦达，一只从不吵闹，从不斗殴的公猫。他总是伸出一只爪子，如同元帅的指挥棒，命令其他的猫中止打架。我竟然把这样一只猫拱手给了别人，尽管那个太太一再强调他们家开肉铺，不缺肝脏和肉，而且他们会把伦达当作自家那只葬身车轮下的猫一样，倍加呵护。

二

当我们所有人都安然无恙熬过冬季,春天来临了。一只小虎斑猫找上门来,它怀着身孕,跟施瓦尔察娃一样,两只猫恋爱并怀孕了。它们尾随着我寸步不离,我去哪里,它们就跟到哪里,甚至磕绊我的脚,而它们并不在乎,只要跟我在一起,它们含情脉脉,注视着我,我就知道,当那一重要时刻到来时,这两只猫期待得到我的帮助。

我的邻居伊莱亚斯先生给我制作了一个喂鸟器,那种看上去很滑稽的玩意儿,把一个破旧的收音机掏空内胆,拆去前屏,在底部安装上垫圈,中间穿插一根细棍儿,然后把细棍儿钉入窗前的泥地里,紧挨着残破的篱笆栅栏。每次,当我来看望我的那些猫咪并投入写作时,会往喂鸟器里撒入一些谷粒和捏碎的面包屑,于是,不仅有麻雀和山雀飞来,有时甚至招来松鸦。

我很惶恐,母猫们就要临产了,我手足无措,但愿它们别像玛卡那样,在我的睡床上生产。我几乎无法动弹,不愿去想,这么多猫叫我如何处理。我几乎想死,一想到如果每只母猫各产下四只小猫,我该如何是好,只好溺死它们,但不能杀绝,给每只母猫留下两只小猫崽吧。所以,我又得重操以前在宁布尔克曾经从事的行刑工作,没有人愿意下手淹死小猫,我不得不亲自动手。

作为一个爱猫之人,令我无奈的是我还必须充当刽子手,消灭它们。起因是,有一次我们把新生的五只幼崽全部留下了,等它们稍大一点后却没有人来领养,于是我们家繁衍出许多猫,这令我们抓狂,最糟糕的是,五只小猫中竟然有四只是母的,一年后四只母猫又会有幼崽,我们几乎绝望。

好比我的妻子,她每次来到科尔斯克度周末,总是抱怨不休:这么多的猫,我们怎么办啊?在那一段时间里,我妻子几乎整天忙个不停,给猫做吃的,分牛奶,猫咪们尤其喜欢腻在厨房里,那里便充斥了猫身上的气味,久而久之我已然习惯,甚而感觉不到那难闻的气味。但是有客人到访时,他们一定会打开窗户通风,因为猫咪们并不局限于往沙盆里撒尿拉屎,它们时常随意在厨房甚至衣柜的角落排泄。万一遇上猫拉稀,就更加随时随地了。

妻子怨言满腹,成了絮叨的怨妇,她拒绝洗床单,拒绝清理毛绒地毯,无奈之下只好我自己动手。在每一个这样的周末,我先用纸巾,然后用湿布擦拭,有时我的精神几近崩溃,冲所有的猫怒吼,将它们赶出屋子,甚至忍不住挥动拳头揍它们。其他时候,当我坐下来写作,如果听到门边不是喵喵叫,而是肠子排空时的那种可怕声响,我会气得满脸通红,抓起那只猫扇它一巴掌,有时把它摆在门槛上狠狠一脚踢去,它划出一道弧线落入树丛,其他猫在惊恐中迅速窜出屋子。它们一脸难为情,知道自己干了坏事,而我会停下笔来,对那些猫顿生怜悯。我写不下去了,因为我打了自己心爱的猫,踹走的是在我眼里意味着一切的小宝贝。为了它们我时常会急不可耐地发动车子,铭心刻骨地思念它们,我驱车赶到科尔斯克,把它们举起来,贴近我的额头,以驱除我心中的恐惧和焦虑……

满心愧疚之下,我走出门去,有时在外面呆上一整天,直到我和猫咪们重归于好,把它们请进屋来,而它们则更加害羞,不敢迈入自己被踢出和被驱赶出的房子,因为猫虽然会有深深的惭愧感,却不会像我原谅它们那样快地原谅我……所以我已经无法在科尔斯克过夜了,写作完毕,给猫喂完食就立刻动身去公交车站,或者驾车离去。

但我总是忍不住一次又一次回过头去,再看它们一眼。把车停下来,我会看到一只只猫,忧伤的小脑袋挤在栅栏之间,我使劲踩一脚油门,或者跳上公交车。我更愿意乘坐公交车,因为在我跟猫道别后,驾车必须倍加小心,不至于因心情不好而分神,把车滑入沟里或者驶入逆行车道。

　　令我惊奇的是，每一次都那么特别，当我开车前往乡间别墅时，一进入科尔斯克树林，还没拐弯进入林荫道，就会看到我的猫咪们，从邻居的宅地和花园，从四面八方飞奔而来，这样当我的车在院门口停下时，所有的猫已经聚拢在那里，咧开了嘴巴，欢呼雀跃，因为我告诉他们我来了，我的到来意味着它们将得到牛奶和食物。我将它们逐一捧起亲抚一番，给它们的生活注入勇气，因为它们属于我，也许它们感觉只有跟我在一起才算真正地活着。我对猫们一番抚慰之后，若适逢天气晴朗，我会建议猫咪出去呼吸健康的空气，在太阳下晒晒皮毛，但我必须将它们一一抱出屋去，因为甭想指望它们自己出去，对于它们来说，能和我腻在一起，才是最大的享受……

　　我不常在科尔斯克过夜是有缘由的，我不愿意在母猫产小猫崽时在场。有一次到乡间别墅后我没见到虎斑猫，最终在农具棚里找到她，她在土豆篮子里生养了五只小猫，她舔我的手，用爪子抓住我的手指，引到她的娃娃们身边，小猫们吮吸着母猫的奶，像晶体管收音机里的电池那般幼小……

　　我抚摸着小猫们，我的手因恐惧而颤抖，在小猫身上停留越久，我越觉得这只手就是把其中的几只带离这个世界的那只手。我的胃一阵痉挛，肚子开始疼起来，我为其他的猫分了牛奶，切了碎肉，当我在打字机前坐下来，却写不出一个字来，因为手指在不停地颤抖，我无法敲出一个连贯的句子。

　　我绕着棚子转悠，施瓦尔察娃拖着巨大的肚子跟在我身后，她快临产了。我蹲下身来，她纵身一跃趴到我的膝盖上，偎依着我，请求我的安抚和帮助。我意识到，她害怕独自生产，希望有我守候在一旁。我几乎不能动弹，意识到这有多么荒谬，我来到科尔斯克——这个被所有朋友认为最适合写作的理想场所，他们戏谑我过得自在逍遥，拥有两个家，一处在布拉格，一处在科尔斯克……而事实恰好相反。待在布拉格的那段时间里，我几乎魂不守舍，魂牵梦萦我的那些猫在做什么，我因恐惧而无法写作，总担心它们挨饿且无依无靠。而我来到科尔斯克那一刻，我又开始骂自己，为什么不留在布拉格，因为来这里同样无法潜心写作，我终于意识到妻子是正确的：我们拿这么多猫怎么办啊？

我的猫们让我受够了，现在又多出来一只母猫，而且刚刚产下五只幼崽，还有施瓦尔察娃，过一阵会产下另外五只小猫……这一刻我盼望，最好的选择是制作一个大型邮袋，先把猫一股脑儿都装进去弄死，然后自己钻进去，沉入树林边的池塘里溺亡或者……

现在我恍然大悟，为什么我的猫咪们喜欢在那个嵌有绿色大圆环把手的大编织袋里玩耍。它们为什么乐此不疲喜欢在里面玩耍，有时所有的猫都会钻入编织袋里睡觉？那个袋子是女巫玛申卡留下的，她来我们这里采蘑菇时，不仅预言我将成为一名作家，而且有一天我会在小溪边的柳树上自缢……这一刻玛申卡的预言浮现在我的眼前。玛申卡之前是一家医院的护士，闲暇时披着点缀绿宝石图案的白色头巾，穿梭在我们小镇的大街小巷。她用扑克牌给我算命。她给我留下了这个带有绿色大圆环把手的大袋子，而她再也不会来取它了，因为她已经死了……

现在我回想起她的预言，一开始我把它视为玩笑，后来开始当真，我甚至让人砍掉了柳树上的所有枝杈，但不到一年时间，柳树又枝桠茂密，容得下十个人同时上吊自尽，就如同戈雅[①]笔下的油画。我回味玛申卡的预言，若有所思，往下走到小溪旁，杨柳树已经在那里守候，而我还不够深思熟虑，去兑现玛申卡的预言：上吊自尽……

---

① 弗朗西斯科·德·戈雅（1746—1828），西班牙浪漫主义先驱画家。

为以防万一,我把所有的牛奶和碎肉倾入盘中,动身离去,因为我很恐慌,不知道第二天等待我的是什么。

有一段时间,我既不能呆在布拉格,也无法留在科尔斯克。我从布拉格驱车前往科尔斯克看望我的猫,当我停下车,走下来时,我的猫们朝我狂奔而来,我蹲下身子抚摸猫们,没有把它们逐个捧入掌中,贴向面颊。我慢慢地走入了桦树林,不安和惊恐,因为那只最爱我的猫,那只令我爱得发狂的猫没有出现。当我拧开门锁,往盘中倒入牛奶和碎肉,推开窗子,我瞠目结舌。我看到施瓦尔察娃卧在喂鸟器中,那个由破旧收音机改造而成的喂鸟器,她趴在那里,充满爱意的眼神投向我。我恍若置身梦中,走出门,走到喂鸟器跟前,我看到施瓦尔察娃也生下小猫了,有黑色的,满身斑点的,它们背朝着我,像一艘艘下沉的军舰。施瓦尔察娃望着我,目光里充满温情,她邀请我上前观赏她的幸福,她把这幸福带到了我的地界上,让我欣赏她的宝贝——卧在喂鸟器中的五个小家伙……

我伸进手去,施瓦尔察娃感激地舔了舔我的手,我把头磕在喂鸟器上,双手伸向施瓦尔察娃,我的脑袋靠在老收音机的边缘,好像在沉思中倾听全球灾难的新闻播报。我吁出一口气,无法回过神来。我站了好一会儿,心脏怦怦直跳,妻子的话再次跳出来,它让我待在科尔斯克的周末变得不惬意:我们拿这么多猫怎么办?等我稍微清醒一些,首先想到的是玛申卡的预言,某一天我将吊死在那棵长在小溪边的杨柳树上。但后来我突然醒悟:谁来给猫咪们提供吃的喝的呢?所以,我从喂料器后退一步,望着施瓦尔察娃,凝视她美丽的眼睛,它们闪闪发亮,充满爱意和骄傲。她舒展身体,为了让小猫崽更好更多地吃奶。我被那双眼睛和看不见的奶汁感动了,那奶汁仅为我而喷涌,射入我的眼睛,于是我把头钻进喂鸟器,施瓦尔察娃遍舔我的脸庞,就好像我是她的猫崽,并再三在我耳边呢喃爱的甜言蜜语。我决定,无论发生什么,我将留下所有的小猫,任何人,只要从我这里领走一只小猫,我都奉送五百克朗作为猫的嫁妆……

我给施瓦尔察娃端来一小碗牛奶,它把身子趴在两只前爪上,把牛奶舔得干干净净,然后我把小碗拿进农具棚里,给那只虎斑猫。随后我走到地界上去散步,有时我会一直走到十字路口,如果去公交车站的话,从那里拐弯。在十字路口,我回望我的房子,它掩映在巨大的松树和桦树下,没有人敢说,我住在那个地方非常不开心,因为那些猫。因为不开心,所以不得不把一只只猫摔死在邮袋里。在那个农具棚里,邮袋上摆放了一篮子土豆,在邮袋里,一只流浪猫曾生下了五只小猫咪,丝毫不逊色于在撒了面包屑和燕麦片的喂鸟器中,哺育五只猫崽的施瓦尔察娃。我从远处眺望自己的房子,事实上,没有人会这样断言,就像我这样的人,住在参天大树下的房子里,绿色的百叶窗,那里除了幸福和乐趣,作家眼里舒适的生活,不可能再有其他。那个作家拥有两个家,一个在布拉格,第二个在这里,他可凭瞬间的印象意愿,选择去哪一个。

这个星期天,当妻子为我们家出现这么多猫不知所措而开始哭泣时,一辆汽车停到门前,一个小伙子走下车,没等我们开口,那位年轻人怀里托着一只瘦骨嶙峋的公猫,说是奉母亲之命来还给我们的——伦达,他既不吃肝脏,也不喝牛奶,上个星期呻吟叫唤了整整一周。因此母亲说把他还回到三个月前抱养的主人家,说完年轻人开车绝尘而去。伦达,我的至爱,凌驾于所有之上的猫王,擅长调教所有小猫的美男子,此时他坐在这里,哆嗦地挠着皮毛。他的皮毛曾油光水滑,像水獭皮那样洁净闪亮,但现在他瘫软无力,好似刚从下水道里钻出来。当他迈开步子走动时,马上认出了这个家,于是他弯腰弓背,走进了里屋,绕自己的椅子转一圈,跟伙伴们碰碰脸,然后坐到我的对面，长时间盯着我，那么久，看得我低垂下了头。然而伦达跳下椅子，坐到我腿上，两只爪子搭在我肩膀上，直视我的双眼，现在我不得不与他对视。还是那双眼睛，跟玛卡的一模一样，她遁入原野，再也没有回来，宁可在野地里的某个鸡舍内死去，也不愿与我和其他那些恼人的小猫共同生活。当伦达看透了我的眼睛，便跳下去，离开，腿抽搐着，骨瘦如柴的脊背弓起，向我展示我授予他的磨难。他离开一阵子又返回来，好似要对我说什么，叙说他在这三个月里的遭遇等。然而他改变了主意，弯了弯痛苦的脖颈，滑稽地奔跑起来，步履蹒跚地跑向小溪边……

三

这一次，当施瓦尔察娃在喂鸟器里诞下了小猫，如此动人的民间伯利恒①场景。那段时间我已经厌世。我认可了妻子的准确断言：我们要这么多猫做什么？她是对的，可如何解决呢？

我是个有罪之人，我们在林中小屋里养了那么多猫，导致我们在别墅度周末变了味儿，反正不是度假，相反，从早晨起就胆战心惊，一打开门，群猫便洪水般涌入走廊和厨房，让我们不寒而栗：等这几十只小猫长大了，该如何是好？妻子哭着反复祈祷：我们拿这么多猫怎么办呀？我一次次走到小溪边，注视那棵柳树，那棵玛申卡曾预言我将自缢其上的柳树。

所以有一天我鼓起勇气，从柴棚里找出一只大竹篮，同时给所有的猫在厨房里倒了两盘牛奶，我从喂鸟器里掏出那些小猫，像处在发烧状态似的，把妻子打发到邻居家。我拎起两只小猫崽，把它们放到篮子里。然后我走进了柴棚，拎出两只小猫，把它们放到从喂鸟器取

---

① 耶稣降生地，基督教圣地。

出的那两只小猫堆里,然后就像梦游一般,我撑开边角粘着干涸血渍的邮袋,把三只小猫放进去,又放进三只,然后我跑进林子,把鼓囊的邮袋往树干上抡了几遍,接着又是一遍……然后,我呼出一口气,就像那次在冬天里,我帮助那只陌生的大猫,骨瘦如柴的大猫去到另一个世界。

我摔打那只大猫,如同现在抡手中这六只小猫,有一种熟知的感觉,它会相伴我,直到永远。在那个冬天我就体会到谋杀的感觉,那一阵我心惊肉跳,那只猫在黎明时分出现在我眼前,唯有在黎明时他前来找我,再次哀怨地喵喵叫,让我帮他,而我拒绝了。作为帮助,我却打开装信件的邮袋,所以他要报复我,为我没有把他带走,带他回家,没有喂牛奶,没有拯救他脱离孤独。他自己钻进邮袋,我杀死了他,就为了摆脱在每个夜晚,他绕着我的房子转悠,叫唤,从灵魂深处呐喊,让人帮助他,而我却在事情、人们和动物的对立面,助了他一臂之力,把他送上死亡之旅。

现在,当我弄死六只尚未睁开眼的小猫崽,我支离破碎,为自己不得不实施的行为而窒息。我浑身发抖,但我不得不继续。我弯下腰,摸了摸那些小脑袋,惊恐地发现,小猫咪还在蠕动,于是如同在那个冬天,我拿过一把斧子,用来劈柴的斧子……然后我扛起铁锹,在白桦林间,找了一处僻静之地,挖出一个深深的土坑,往坑里抖落邮袋里湿乎乎的东西,我忍不住跑回到我的房屋前,折下六枝天竺葵,再跑回来,把鲜花扔进墓穴。小猫咪躺在里边,那无法言状的混合物,令我毛骨悚然,我不该往那里看的,因为那画面如同纳粹坟墓所呈现的,那万人坑的场景。我填埋上墓穴,表面摆放上一块石头,用老橡树叶掩盖墓地,不留下痕迹。我折叠好邮袋,把它放回柴棚。当我走出棚子,沐浴在日光里,一阵晕眩袭来,肠胃翻腾,我跑过去,扶住空荡荡的喂鸟器和栅栏木板,吐净了自己的胃,呕吐了一次又一次……

我泪流满面,脸色煞白,推开走廊的门,然后伫立在那里,手握厨房门的把手,良久,拧开。公猫们冲出来,还有那两只猫,深爱我的那两只,我边抚摸它们边往篮子那边引,第一个钻入篮子的是施瓦尔察娃,她接纳了那四只小猫崽,视同己出,片刻之后第二只猫也跑来,不言而喻也钻进篮子里……

她们躺在同一个篮子里,小猫咪们轮流吮吸,仿佛它们是同一母猫所产,是胞亲……我伸出一只手去,两只母猫舔起来,闭着双眼,一脸幸福,当我亲抚它们,触摸那两对小猫崽,我自己似乎也松了一口气……

然后两只猫自觉分工,轮流在篮子里司职,它们有足够的时间实施自己所需,越过篱笆回到自己的领地,为自己治疗失犊的痛楚。当某一只母猫思念小猫了,她便回到已挪到厨房的篮子里,替换另一只母猫,交班时两只猫会相互亲一下。其他公猫也络绎不绝来探望小猫崽,甚至在母猫不在场的情况下,它们也会钻到自己侄子和侄女身边,舔舔小猫,梳理和温暖它们的小身体。看起来,似乎我处理掉六只小猫的举止有助于所有人,对我妻子的安慰尤其大,我跟她说,我把小猫送到贝尼克大夫那里去了,他要给猫崽们注射氯仿……

那一个月的时间似乎是最幸福的时光,因为两个母猫夸张地竞争,表现出谁更加爱我,谁更频繁地跃上我的膝盖,把爪子搭上我的肩膀,深情地与我对视。当我的一个朋友看到此情景,甚至拿来相机,摄下了我午睡那一幕:我坐在凳子上,膝盖上是那个竹篮,篮子里挤着两只母猫和四只小猫,蜷缩身子,脑袋靠在其他猫的腿上,而我的双手伸在篮子里。小猫崽的眼睛已能见光了,纷纷舔我的手,贴近我,往我的手边挤。我看着篮子里那双抚摸小猫的手,像一道闪光,瞬间我意识到,我让人拍摄下的恰似那幅来自犹太人聚居区的照片,在死人和被枪杀者的坑前,纳粹军官和一群刽子手们合影留念……

此刻我想起那张一九一一年的报纸,土耳其人血洗村庄之后,砍掉了敌人和受害者的脑袋,将头颅装入麻袋带进城里,为了拍照留念。照片上是六颗砍下的脑袋,跟那些与受害者头颅合影纪念的美国士兵和南越士兵如出一辙,他们砍杀无辜,还往死者的嘴角塞进一根烟,就像我给每一只死去的小猫扔下红色的天竺葵一样。我就那样坐在板凳上,我的朋友摁下了快门,留下最好的图片,只是他不知道,也不可能猜测到,什么样的想法正从我的大脑、我的整个身体穿越而过。

从那一刻起我已经知道,我不能再瞥见那个血腥的邮政袋,我无法再用斧头砍柴,也无法正视自己的双手,我将有永久的罪恶感。自此,除了那个冬天那只体格庞大的猫,还会加上那六只小猫,在我悔恨交加、无法入睡的黎明,前来找我。有什么办法呢,那些猫,施瓦尔察娃以及那只尚未取名的无名小猫对我的爱戴,增加了我的羞惭和愧疚感。远远看去,它们的眼神直接喷射出爱的光芒,以此欢迎我,爱我整个的身形,甚至当我俯身竹篮,给它们伸去一只手,它们会表现出晕厥状,口中流下温柔的唾液。它们如此爱我,对它们来说我代表一切,是它们曾见过的全世界最美丽的东西。甚至,似乎可以这么说,它们爱我甚于那四个小电池,那四只小猫咪,我把它们合并为一家,两只母猫不保留任何印象,坚定地认为这是它们的骨肉。它们无法作进一步的想象,而我却联想到自己所犯下的所有罪孽,自己不得不动手实施的一切。我最终所做的那些事。所以我,四十多年来情志始终不堪纷扰的我,一个关闭在厨房里,听到一丝声音都会感到不安的人,当我开始探寻自己的不安源自何处时,当我发现,那是在窗户的玻璃间缠在蛛网上不停晃动的一片树叶,于是我在摇摆不定中愚蠢地恣意妄为，在冬季的树林里杀死一只走投无路的猫，现在又加上六只小猫崽。我能听到裹在围巾里的手表发出的滴答声响，我无法往深处想，我的所作所为给自己带来怎样的后果……

四

那一次我去了赛米策电影院，那里在上映费里尼①导演的《甜蜜生活》。银屏上那位演奏托卡塔②与赋格短调的英俊男子斯泰纳一出现，当我看到斯泰纳先生的孩子们和妻子，内心就躁动不安起来。当那样的场景出现，购物回家的斯泰纳夫人被摄影师们在自家的公寓附近围堵，我随后还看到，在家里躺着两个被枪杀的孩子，扶手椅上是自杀者，同时是杀死自己孩子的凶手斯泰纳先生，我不禁浑身发抖，我必须离场。我磕磕绊绊，从中间的座位挤出去，拼命往外走，赶快出去，因为斯泰纳先生和我一样吓得六神无主，出于对自己孩子未来命运的担忧，他杀死了他们，就像我在冬日的晚上杀死小猫崽和被遗弃的猫咪一样。但是我依然决定，要继续在这个世界上活下去，不从这个世界消失——像玛申卡所预言的那样。她已经去世，她的谶言却时刻在提醒我，她还留给了我那个带有绿色大圆环把手的麻布邮袋，稍大一点的小猫咪经常在里边玩耍，或者在里面睡觉。

正如之前我一直隐隐作痛的胃一样，这次我的心脏开始疼痛，因为我的灵魂得病了，跟斯泰纳先生一样，犹如拉斯柯尔尼科夫，当他杀害了两位老妇，却天真地以为，他杀死的是人类身上的两个虱子。

一个星期天的下午，施瓦尔察娃发烧了，她跳出篮子，抛下猫崽，向我跑来，身体因发热而打着寒战。我抚摸她，但她因痉挛而开

---

① 费德里科·费里尼（1920—1993），意大利著名电影导演、演员及作家。
② 源于意大利文艺复兴时期的一种曲风，是一种富有自由即兴性的键盘乐曲。

始翻腾，起初我想把她放进竹篮里，迅速带她去日昌镇看兽医，但后来她紧紧抱住我，贴近我，然后倒在地上，我抚摸她，她开始出汗，汗水淋漓，就像从溪水中捞起来一般。这时妻子跑来了，催促我带施瓦尔察娃去日昌镇看病，但我坚持认为烧会退去，关键是，如果我们将猫咪带上车，她会在车上发疯，会用爪子抓挠我们，因为她开始失却理智，高烧让她变得癫狂，她肯定是跟狗一样得了瘟病，病情让她浑身发颤，翻腾不休……

施瓦尔察娃确实对我也没有了意识，甚至用爪子挠我。我只好拿抹布，然后拿起毯子，抓住她摁在地上，她抽搐得那么厉害，仿佛我手里抓着的是一条圣诞节买的鲤鱼。我感觉到她的身体完全汗湿了，黏糊糊的……我就那样抓着她，在地面上摁着，始终摁着，我呼唤她的名字，对她发誓说此刻跟她在一起的人是我……然而猫咪叫唤着，口中流出唾液，冲我吼叫，好像她已经得知，杀死她孩子的那个人就是我，我是罪魁祸首，我的这双手沾满了鲜血，她曾经如此迷恋的双手令她恐怖不已。实际上施瓦尔察娃已经疯了，当她明白了这一切。

于是我更加使劲地在地上摁着她，我更加害怕万一她挣脱出去，会向我扑来，这只猫力气大着呢，那我将摔倒在地，然后再一次倒地……突然间她无端地崩溃了，我感觉她身子挺直了，然后放松下来。我始终趴在她身旁，等我揭开毯子，看到她已经死去，她的一只眼睛残忍地望着我，在那只可怕的眼睛里，我看到了一切，我违背自己意愿所犯下的罪……

五

这一年对我来说并不是幸福的年份，尽管所有我的朋友们都声称我理应是幸福的，因为我住在科尔斯克，在森林里，呼吸新鲜的空气，被群猫簇拥，可以愉悦地写作，相比之下我的那些朋友却不得不呆在布拉格,在那里生活,每天为日常琐事烦恼。在科尔斯克出现了一只猫,在我无比失落时爱上了我,那是一只虎斑猫,毛皮上长满斑疹,于是我给她涂药膏,但是湿疹在痊愈后又复发了好几次,好在最后湿疹都消褪了,但不是药膏的功效,而是猫自己撕扯并咬去了病变的地方,所以她变成了一只花斑秃猫,一点也不好看,甚至成为我身边出现过的最丑陋的猫。丑陋的星期三。

然而她可爱,她自己也知道,所以她不离我左右,含情脉脉地望着我,因为被我收养而倍感荣幸。然后在我的床上——还能怎么样呢——产下了后代,两只小猫崽。我松了一口气,因为我不必动用那个带干涸血渍的邮政袋。其中一只小猫崽随母亲,一样的丑陋,甚至没有名字,另一只小猫崽随赫拉德克家那只棕红皮毛的公猫——他经常上我们家来。

第二只小猫崽长有白色的脚爪和前胸,背部是虎斑纹,棕红色。因为当时我开一辆雷诺车,白色车身配棕红色座椅套,所以我们把小猫唤作小汽车。这只小猫取代了所有我曾养过的那些猫,她那双美丽的眼睛我百看不厌。就像她妈妈教她似的,小汽车也深深地迷恋上了我,她时常睡在我的身边,跟母猫和另一只小猫在一起。那只小猫咪,堪称世上最美丽的,在我们科尔斯克可谓空前绝后。她看起来就像巧克力包装纸上的猫,糖果纸上拍摄的那种,有着色彩明亮的虎斑,长长的皮毛,看起来如同猫头鹰身上的美丽羽毛。

这只小猫被达莎夫人要走了,事后还给我写来一封有关那只小猫的激情洋溢的长信,描述可爱的小动物如何进她家门,如何会在布拉格走出门进入院子里,如何期待达莎夫人每星期带她回到科尔斯克。于是我全然忘记了与小猫相关的所有的灾难,就因为这只虎斑猫以及她的猫崽小汽车,我甚至忘记了我曾拥有过伦达。

那只丑猫和她的小猫崽挺过了冬天。我每次都胆战心惊,当我冒着零下二十多度的严寒开着白色雷诺车来到别墅,每一次跑来迎接的总有小汽车,还有那只老母猫。我立刻在厨房里生起火,它们腻在灶炉旁边,我颇费一番周折才能把它们弄走。它们紧挨火炉站着,烤自己的额头,然后喝热牛奶,贪婪地吞食海鱼。

而在周末,有时甚至在工作日,我会和这些小家伙们一起待上两天,省得它们总是提前看到我们将动身离去,省得两只猫咪萎靡打蔫儿,之后当我们驱车离开时,它们会把小脑袋伸出栅栏,忧伤地一直目送我们,直到我们的汽车从林荫小道拐上公路。

但我呆在布拉格时又寝食难安,责备自己忍心让猫咪挨冻受寒,黎明时分那些小脑袋在眼前浮现,它们钻过栅栏眼巴巴望着我。我悔恨到极点,既无法写作也无心去啤酒馆,我跳上头班公交车前往科尔斯克。我的心揪紧了,不知道猫咪是否还活在世上,是否冻死或者饿死了?

每当那两个小家伙从门廊飞奔下来,在门廊下方的小块空地上我铺了干草,它们就躺在门洞边。如果下了车,不见它们跑来,我会吓得冷汗直冒,觉得它们已经不在了,当它们饥肠辘辘跑出来迎接我、寻找我时,被猎人射杀或是被汽车碾压了。我走在林荫道上,远远就望见门廊边的那个门洞,在我胡思乱想的时候,上面有两对小耳朵耸立起来,似塔特拉山①,然后小脑袋冒出来,猫咪们冲下来向我奔来。我的到来让它们欣喜若狂,我也开心极了,马上打开炉子热牛奶,然后一个接一个把它们抱进怀里,贴紧它们的脖颈,它们同样陶醉地回应。

就这样我们挨过了冬天,春天如约到来。然后我发现两只猫咪——那只老猫还有小汽车——都怀孕了。它们自己也知道,在妊娠

---

① 喀尔巴阡山脉最高的部分,位于波兰和斯洛伐克边境。

的最后几天里它们跟我形影不离，就像我妻子所担心并不停唠叨的那样：我们拿这么多猫怎么办？是不是应该请贝尼克医生来，给新生的小猫崽注射氯仿？

我放声大笑起来，装作满不在乎的样子，但在笑声背后却掩藏了无尽的恐惧，我感觉在春光艳阳映照下的我的脸，霎时变得苍白，随之铁青：等两只猫生下一群猫崽来，等待我的将是什么？事情果真那么发生了，老猫垂着干瘪的肚皮回到家里，我知道她经常跑到邻居的地界上，跳上小阁楼，那么她的小猫崽是否在橡子之后？在那些横梁后面，老猫已经把几拨小猫崽带到了这个世界。阁楼上住着一只巨大的虎斑公猫，体重达五公斤，他对我们家所有的猫都采取恐吓手段，有一次甚至将伦达从房梁上一把推下来，坠落在地的伦达整整一个星期没有回过神来。那么在邻居索尔达特家的房梁后，我们家那只丑陋的母猫藏匿了一窝自己的小崽，她回家来只是为了喝牛奶和填饱肚子，她事先会跟小汽车贴一下脸。

平时两只猫关系亲密，每次见面都会碰一碰嘴巴，甚至在产崽之前，她们俩还挤在一起睡觉，互表各自的爱慕与敬意，让我们看着也着实感动。但有一天夜里发生的事情让我无法再袖手旁观。小汽车在我的腿上产下了猫崽，一共五只，不是同一时间，最先产下三只，随后两只，小猫崽看上去睡眼惺忪，还带有一丝惊恐。妻子躺在床上，愤怒地吼道：我们要拿这些小猫怎么办呀？

我把小猫咪送到农具棚里，将它们放在那个邮政袋上，小汽车立刻蜷缩成一团舔起小猫们的身子，不时用小爪子将它们往身边搂紧一些。我伫立在黑暗里，伸出手掌，仅为了给小汽车增添勇气，我感觉到小汽车也用小爪子将我的手搂到身边，我就站在那里，手指间感受到小猫崽们的第一次悸动，还有那只被我称作小汽车的漂亮母猫，在舔我的手⋯⋯

小猫咪成活了,它们首先目睹的是棚子里的世界,老丑猫依然从索尔达特家的阁楼跑回来觅食。当两只母猫遇见,互吻一下,舔舔脖颈。小猫崽出世一个月后,两只母猫有了更多的时间独处,于是数小时黏在一起,梳理皮毛,从喉咙里发出喘息声,像以前那样亲昵无间。

一天我从布拉格回来,妻子在哭泣,不再是抱怨:我们该拿这么多小猫怎么办?我马上猜到了结果,拉开门,四只小猫赫然呈现在面前,毛茸茸的,满身尘土。妻子说:邻居抓住了这四只小猫咪,逮猫的时候他们不得不戴上了手套,因为小猫野性十足。邻居无法容忍这些小动物继续呆在他们家了,因为猫咪们在阁楼的同一个角落里撒尿,泅湿了顶棚。还有,当我说谢天谢地只有四只猫时,索尔达特夫人禀告我说,那里还剩下一只通体漆黑的小家伙,这次没能逮住,不过让我无须担心,母猫自己会把他领回家来。

而我回想起美丽的施瓦尔察娃,她把小猫崽产在了喂鸟器,同一时间我们的玛卡也生下小猫崽,我将小猫咪们分别放进一个筐里,小猫咪们接受了共同的家园——猫崽幼稚园。两个猫妈轮流去哺育自己的孩子,甚至她们自己也跳到筐子里,共享身为猫妈的幸福。浸淫在这样的印象里,我抱起这些出生在邻居家阁楼房梁后的小猫咪,把它们送到了小汽车的那几只小猫崽堆里。出人意料的是,我自己也难以相信,小猫咪们马上融为一团,老丑猫和小汽车居然交替着给猫崽们喂奶,母猫们依然相亲相爱,和那些小猫咪一起共享猫妈的天伦之乐。

小猫已经可以从筐子里摇摇晃晃爬到干草堆里,它们甚至会从敞开的门去外面的树底下或者煤堆上玩耍。当索尔达特夫人跑来报告说,那只小黑猫从阁楼上摔下来了,让我自己去把他弄回来。我抱起老丑猫,抱着她跑进农具棚里,往外就是索尔达特家。棚子里堆满了木板、梯子和树枝条，棚子的顶端有一个洞通向阁楼，传来黑猫哀怨的喵喵声，老猫也发出默契的叫声，伴随老猫的呼唤，小猫咪滑下来掉入尘埃里，我想把他抓住，但小猫表现野蛮，显然受到惊吓，在木板下跳来窜去，直到母猫发出几声严肃的指令，小猫才趴在尘土里闭上了眼睛。我立刻上前一把抓起，抱入怀里。小猫咪紧紧依偎住我，我抱着他，感觉到他怦怦的心跳，我自以为这个小黑玩意儿，这只黑猫会选择留在我身边，因为我是他认识的第一个人，我必须陪伴他，一定要爱他。在我抱着他的五分钟里，我感到了他对我的依恋，所以，这五分钟里我是个有生命的人，小黑猫将驱散我杀戮猫咪的罪恶感，我亲自动手不得不杀死的那些猫咪。

所以，我把小黑猫塞进其他猫咪的群体，站在棚子旁侧耳倾听，我听到小黑猫在往后退，退缩到其他九只猫的最底下。母猫们来了，给所有小猫咪喂奶，也包括那只小黑猫。整整三天里，小黑猫享受到温暖的睡床，整整三天他过得无比幸福，仅因为他趴在其他小猫咪的身下。两只猫妈依然轮流照顾小猫群，每次相遇时依然交颈相吻。小猫咪们慢慢长大了，早就可以自己喝牛奶，学会了吃肉，也会吃煮熟的海鱼。看起来，似乎一切将顺顺当当，五只小猫都被邻居预定了，似乎一切都像过去一样。

直到有一天两只母猫厮打起来，在地界上相互追逐，发出嘶嘶声和尖叫声，耳朵因愤怒而往后倒立。每次两只猫一见面，就互相抓挠，她们已经不进家里的厨房。然而只要在家里一碰上，不仅打成一团，还互相追逐，将沿途的一切都撞翻在地，厨房里所有的杯子、所有的佐料罐都被打翻了，撕烂了窗帘，厮打并没有停止。妻子站在门外，哭了起来，再次哭诉说：我们该拿这些猫怎么办啊？甚至我也好似脸上挨了一重拳，我站在那里，脸色铁青，无法动弹。这些猫带给我深重的灾难，甚至我把自己的住所变成了地狱，并非如我的朋友们所说的那样，我在乡村生活惬意，置身大自然，与猫咪们一起其乐融融，可以随心所欲地创作。事实上，我落笔却写不出一行字来，因为门外猫咪们在群殴，虽然它们曾经那么相爱。

随后老猫产下的所有猫崽都消失不见了，这时索尔达特夫人走过来，笑嘻嘻地告诉我一件开心的消息，那只在他们家阁楼生了五只小猫咪的老猫，现在把家安置在一辆破车残骸下，她常去那里给猫咪们送牛奶，交代我尽早去把它们领回家。

那两个猫妈始终斗殴不止，一碰面就打。我将那五只小猫从索尔达特那边带回到了农具棚里，和小汽车一家呆在一起，但是夜里老猫又将自己的猫崽带回到破车底下，然后一见面依然厮打。猫妈们都来找我们，认为我们会收留她跟猫崽们住下来，但是两个在厨房里一打照面，又揪成一团，发出尖利的嚎叫，但不是针对对方，而是针对我，我是罪魁祸首，导致今天的局面，我应该做出了断。所以每当她们在外面遇见我，都气势汹汹冲我尖叫。我拿起那个邮政件袋，掂量一下，我必须将它撕裂，把粗帆布一撕两半，在袋子的底部粘着干枯的血迹，我用这个袋子吓唬着两只猫咪。母猫们知道，更高的信号系统让她们感知：此刻性命攸关。因此，当我再次从索尔达特家搬回小猫崽，第二天小猫崽们和小汽车的小猫咪们再次聚在一起，老猫们也暂且相安无事了。

有一天，在我舒了口气，有点缓过神来时，我出门走向柴棚。小猫咪们在煤堆前玩耍，这时那两个猫妈出现了，其中一只口叼一只幼兔。小兔子因为惊恐，浑身颤抖，凄厉尖叫着。那两只母猫站着，当小兔子企图逃走时，丑母猫一下子把它绊倒，于是小兔也站在那里，一脸的无辜，那两只母猫守着它，恶狠狠地盯着，好似待审的凶手面对肃穆的法庭。我也像那只小兔那般站在那里，在生活中我经常处于这种境地，为那些自己并没有做的事情受审，之所以我被审问仅是因为我存在，因为我喜欢笑，对此人们永远不肯原谅我，最终也没有原谅。他们审问我因为我总是身体健康，心情爽朗；审问我因为我喝啤酒，如同卓别林、哈利·劳埃德那般对待生活。

那只小兔惊恐地尖叫着，一如我在地界上看到的，一只金眼黑狗在角落里撕扯一只袍子，袍子惊恐嚎叫，不是因为喉咙在流血，而是因为面前的狗表情狰狞，金色瞳孔的嗜血。那只兔子惨烈地尖叫着，而我却手足无措，只有片刻的念头闪过，如果手里有一杆枪，我最终会毫不留情把那两只母猫一起射杀，而且不会把她们葬入我那块猫的墓地，而是用扫帚将它们的尸首弄走，随意丢弃，就像旧时代埋葬那些自杀者那样，在黑夜里，悄无声息找一偏僻之处悄悄埋下。眼前的场景让我感到难受和沮丧，我心爱的两只猫在我面前为所欲为，我却没有勇气挪动半步。那只小兔绷直了身子，让人揪心地喘着粗气，然后整个身子松弛下来，不动了。它被吓死了，死于它的所见，死于非难，它不曾期望别的，不久前它还在嚼青草，饮露水，现在却被母猫们判为罪人，即便它不曾犯下任何罪孽。

我转过身去，身后站着我的妻子，她哭泣着，一再地说，我们拿这些猫咪怎么办呀？这就是大自然，我说，然而我不能肯定自己的话是否在理。所以发生了这种事，这一阵母猫们看似平和地接受了和自己孩子们的分离，那些小猫崽被邻居们领走带回了家，我为每一只小猫崽流泪。小猫咪走向了世界，而我夜不能寐。待我稍稍冷静下来，家里仅剩下了五只小猫咪，于是同样的事情发生了，我几乎忘记了的发生在玛卡身上的往事。那只母猫，突然间无端痛恨起自己的孩子，有一天她从我身边不辞而别，后来逃离了一次又一次，最终彻底不归。于是那只丑陋的猫，还有小汽车，两只猫嘘声不断，相互撕扯，无缘由地抽打自己的小猫崽，小家伙们吓得瑟瑟发抖，不明白妈妈为何对自己发那么大火？

小猫咪们屡次尝试献殷勤,给妈妈一个亲吻,继而想一如既往跟妈妈在夜晚相拥而眠。然而现在,慈爱的妈妈对它们动粗,冲它们嘶嘶吼叫,我的地界成为充斥恐惧、屈辱、哀怨和咆哮的场所。最终母猫冲小猫咪发泄的怒火演变为仇恨,蔓延到我身上。母猫们一次次走向我,只是为了向我展示它们多么鄙视、多么仇恨我。它们进屋来,在我面前招摇完毕便转身离去,我站在那里就像遭了雷击一般,无法将它们对我的仇恨以及它们对自己小猫崽的仇恨同任何事情关联起来。

　　那段日子,我小心翼翼、如履薄冰、丢三落四,大脑里一直嗡嗡作响,脑袋就像电报杆一样轰鸣不止。我的脑袋生疼,开始担心自己,是否会因这一切而发疯,会彻底崩溃,会承受不住而导致神经错乱。

　　我逃回了布拉格,在城里,我穿梭在大街小巷,进各式酒馆,就想继续在熟人口中听到同样的话,说我的日子已经风生水起,说我和猫咪们一起滋润地生活在科尔斯克,我可以随心所欲书写自己的文字,甚至,恰好当下,当我拥有了大把钞票和优美的田园环境,我具备了写出真正现代小说的条件,因为该有的我都有了,一切就取决于我自己了,那些我全力以赴、跃跃欲试的事情。既然我拥有了环境和资金,便可以实施自己在读者见面会上经常谈及的,写自己想写的。

　　而当我回到科尔斯克,纵然阳光普照,在我眼里也是晦暗一片,感觉自己像是刚刚卸载下来运往屠宰场的牛犊。迎接我的只有那几只小猫咪,已经长大了些许,而小汽车和那只老丑猫依然对我发出嘶嘶声,对她们自己的孩子同样。我没有停下脚步,往下走到小溪边,走到柳树旁,选好一支树杈,依照玛申卡的预言,我会在这根树杈上上吊自尽。小猫们已经进了厨房,在床上睡着了,但老猫和小汽车在此出现,是为了跟自己的小猫崽打架,然后再一次嘶嘶叫着奔出去,彼此遥遥相对而坐，恨恨地注视着我的房子。

在这两个月的痛苦煎熬中我注意到，两只猫又一次怀孕了，肚子笨重鼓胀，妻子看到这情形，又是不住地哀叹，说我们将拿这些猫怎么办？就在我濒临绝望，一筹莫展的时候，眼前闪现出那只邮政袋的画面，始终搁在柴棚里的那只染血的布袋。等妻子骑上自行车外出购物之际，我梦魇般地拿起那个袋子，走到门外，走向老猫坐着的地方。我弯下腰抚摸她，她温顺地蹭蹭我的手。我魔障般地打开袋子，老猫钻了进去。我牢牢将袋子抓在手中，然后奔跑起来，毫无意识地将袋子使劲抡向粗壮的松树树干，然后又抡一下。袋子里的东西在膨胀，然后发出了沉重的叹息，那叹息声，在我听来如同一种巨大的释放，但我害怕起来，我如何去将袋子清空，那只猫，那只我曾如此钟爱的猫咪，是否依然活着？我拿起斧头和钝刀，大致在脑袋的部位猛砸了几次，然后伸手摸了摸，脑袋已经粉碎，猫肯定死了，一命呜呼了。

我用铲子在猫的墓地挖了一个穴，将猫咪的尸体抖落其中。我一瘸一拐往回走，返回时手持一束从门廊摘的天竺葵，覆盖在不动的小身躯上。我浑身颤抖，即便这只母猫曾如何审判无辜的小兔、让它在惊恐中死去的画面对我都于事无补，什么都帮不了我。我突然意识到，我是个罪人，犯下了比那个打死两位老妇的拉斯科尔尼科夫更深重的罪孽，他杀人只为体验杀戮无辜而不受惩罚的荒谬念头。我的甲状腺肿胀起来，喉咙发紧，因为我做这种事情不具备世界大战中数百万计士兵所拥有的昂然正气，总之，我不具备。然而，在数天之后，我仍然有勇气提起同一只邮政袋，走向那只叫小汽车的猫咪，她曾经那么爱我。当我打开袋子，她却没有往袋子里钻，她不愿意，而是跑进了厨房，跳上椅子盘坐下来。当我走进去时，她冲我笑了很久，发出呜呜的叫唤，但我决心已定，便无动于衷。我打开了袋子，然而接下来的事，超出我预料。小汽车居然自己钻进了邮政袋，然后便遭遇同她妈妈——那只老丑猫同样的命运，我把她残杀在树干上，为保险起见，我还用钝刀砸烂了她的脑袋，然后用铲子在她妈妈的墓边挖了一个坑，将她葬进去。我情不自禁，无法自持，这是我的错。我注视那个不再动弹的小躯壳，她美丽的小脑袋在两只白色的前爪之间。我扔下红色的天竺葵，当我葬下她，就像当初埋葬她的妈妈和其他猫咪一样，我立下一块沉重的砂岩石……

六

那段时间我宁愿住在布拉格。我购买了乘坐有轨电车和巴士的月票，把家迁徙到了公交座位上。我整天整天地环绕布拉格而行，熟悉所有的郊区，甚至乘车去了郊外的大布拉格村，只为避免呆在家里，等待我的那些猫咪在脑海里出现。当我这样搭车满城转悠时，所有那些迎面而来的景致，透过窗户看到的一切，成为自我的解脱。路上的每一位行人在我眼里宛如宝石，每一个橱窗，每一扇拉下的百叶窗，每一堆破烂，在我眼里成为最美的组合。我坐的车环绕布拉格而行，我凝望脚手架，我曾经顺着它爬到顶端，我探出身去，从脚手架上尽情远眺教堂的尖塔……

我在布拉格游荡，那些穿牛仔装的小个子越南人，把我的注意力从我的猫身上挪移开去。我的视线透过电车或者公交车的窗户看往任意方向，那些矮小瘦弱的越南人，他们从遥远的国度飞到布拉格，一伙人从商店进进出出，匆匆穿梭在大街小巷。每隔百米我就会碰见越南人，他们迎面而来，好像在布拉格正召开这些长相幼稚的越南人大会，他们着装相同，所有人看起来都像以牛仔裤和夹克伪装起来的军官，每个人都披着黑色长发，类似嬉皮士，也像小革命剧场的演员。乘车在布拉格各处的闲游让我意识到，无论我前往波希米亚还是摩拉维亚地区，无论去哪里，都会遇见身穿牛仔装、黑发披肩的群体，几乎所有人都长着一样的娃娃脸，似小王子。甚至某个星期天的下午，我前往科尔斯克时，中途经过那个叫御膳房的村庄，村子里阒无一人，除了三个在行走的越南人。

只为了不再想念那些殒命的猫咪，我乘坐公交遍游布拉格。我最爱坐十七路有轨电车，从贾布利策到布兰尼克，一路沿伏尔塔瓦河而行，河畔每一只天鹅都是我疲惫不堪灵魂的救援，数以千计的救援腰带，成千上万的美男和佳丽幻化为天鹅，自遥远的地方飞抵布拉格，结队游弋在伏尔塔瓦河畔，善良的人们给天鹅喂食并以此为荣，而我，只为不再想念我那些死去的猫咪们。

在我穿越布拉格的路途中时常遇见，在我乘坐的电车窗户旁停下一辆卡车，于是我看到可怜的奶牛那绝望和疲惫的眼神，脖子被链条捆向地板上。它们抬起脑袋，抬起眼睛，盯着人类的眼睛求助，这样的事情经常就发生在我身边，在十字路口，在白天，我经常可以看到几十辆这样的卡车，载着绝望和悲伤的奶牛运往屠宰场。这让我联想到我的猫咪们的眼睛，那些被我杀死，我不得不杀死的猫咪，我不知道为什么，但是必须杀了它们。此刻我理解了，为什么艺术家们热爱痛苦，就在这一辆辆公交车上，我明白了诗人和画家们醉到失语的缘由，因为他们需要痛苦，为了清楚地看到自己衰落到底部的那一刻，为了明察其他人无法看到的人类和周围世界的本质。我没有喝醉，我害怕自己喝醉，因为我害怕自己在醉态中失控，害怕宿醉让自己崩溃。

正如我整日整日在布拉格无目的地闲游，其实我已陷入了人类相同的境况，害怕面对自己，害怕每个人都必须面临的时刻：裸身裹着睡衣坐在床头，兴致盎然盯着自己的双脚，逐个巡视自己的脚趾头，因为每天在自己双脚上的长久注视，可以使思想游离于别处，而不去思虑发生在自己身上的事、目前所处的境地、即将走向的因果报应的地狱，为不得不杀死那些自己曾钟爱的猫咪而设的地狱。

在布拉格，当我透过窗户往下望，下边停着我的小汽车，那辆带橙色座垫的雷诺五，我又驾驶我的小汽车前往我不想去的地方。当我到了科尔斯克，那里只剩下三只小猫，另外两只被住在赛米策的波克尔纳女士抱走了。当我到了科尔斯克，刚到那里我就想离去，我什么都可以接受，只要不待在那里，因为当我出去倒垃圾，必须经过埋着我那些爱猫的墓地。我睥睨那个地方，在我眼前会浮现猫咪们的模样，被下葬之前最后一次见到的样子。我给自己打气，对自己说，我是强者，是冠军，是世界大师，我把猫咪们埋葬在了通向小溪的路上，我就什么事也不会发生了。

我在深思中从那棵柳树，从小溪边返回来，当我走到房子跟前，房前的白桦树和松树下停靠着我的小汽车，我的雷诺五，白色车身，红色确切说橙色的座椅套，被我称为拉风的小汽车。不需要一丁点儿的想象力，我就可以让汽车变为小汽车，我那长着白腿、橙色虎斑的小猫咪。所以我愚蠢地以为，只要卖掉这辆快乐的汽车，可以至少排除我的一种悔恨，然而我想错了。那些悔恨是整个军团，那种内疚感以算术几何形式递增，我的苦难犹如神锅中的粥①。无论我去哪里，一不留神，幻觉和内疚便迎头汹涌而来，从大门，从窗户边冒出来，目光所及，到处都看到那些被我杀死的猫咪。我已经别无他想，脑子里充斥了我有什么报应，我做了什么。甚至当我在布拉格漫无目的四处闲逛时，虽然捕捉到一些扑面而来的美丽画面，然而布拉格郊区的景色压根儿谈不上美，这世人皆知，但对于我，对于一个罪犯来说，我眼中看到的一切都美轮美奂，至少在那一刻之前——当我看到窗台

---

① 捷克童话，神锅里的粥永远满满的，往外溢。

上坐了一只猫,当别人谈论起猫,当我瞥见橱窗里陈列的一本关于猫的图书。

如此一来,我乘坐公交车环游布拉格的举动纯属多余,因为我开始在从不该出现猫的地方目睹它们的身影。为了摆脱这些纠缠不休的念头,我卖掉了我那辆拉风的雷诺车,买下棕色的福特十三。原本我想选一辆红车的,可瑞巴店的工作人员告诉我说,他们为我选择的汽车颜色与内饰相配,红色更适合歌手和女演员,我比较冷静,所以给我选择了一款深沉的颜色,符合我的个性,关键适合我的年龄,六十九岁的我必须有一辆颜色庄重的车。所以当我去瑞巴店取车的时候,到手的是一辆棕色福特,其车内装饰,等我开到科尔斯克的家里时才发现,座位套如出一辙,米黄色带灰色结构,这样的护套,如同给座位罩上了一个送信件的邮政袋。我曾设想驾驶新福特车以躲避对猫咪的思念,然而当我坐进车里,我的脸马上煞白,感觉自己坐进了邮政袋。当我撞上车门,往上打量,我并不害怕,但几乎背过气去,因为福特车的天棚也是米灰色的,如同被同一种用来缝制邮政袋的麻布所覆盖。我的那个邮政袋,带着干枯的血渍斑点,始终叠放在我的工具棚里。

那一阵我感觉肝脏发胀,顶着肋骨架,在布罗夫策医院检查后,医生嘱咐我不要喝太多烈酒,否则,我的肝脏将有麻烦。但是我已经很长时间不沾酒了,即便喝也仅是啤酒,偶尔喝一点葡萄酒。我自己推断,那只令人伤心的肝脏缘于我的猫咪,缘于自责,因为我谋杀了两只怀有身孕的猫,就像我们绞死了怀孕的霍拉科娃夫人,就因为她持有相悖于社会的不同政见。于是我跟我的朋友伊日一起前往苏西策去拜访那位神奇的牧师福兰塔·费尔达,他蹲过十年监狱,现在刚从罗马回来,即将动身去莫斯科,在那里举办讲座,给通灵者们演示他的治疗方法。我们还需去找他一趟,等他从莫斯科回来之后,他的明察秋毫定会让当地医生找不着北。

我们在候诊队伍里排到了,费尔达牧师询问我的朋友伊日·安德尔,问他有什么问题,为什么来这里?安德尔回答说,他头痛得厉害,如果不吃药就无法入睡。福兰塔·费尔达坐在角落里的桌子边,用铅笔很快涂写一气,对着房间一隅,眼神迷茫地说:我看到您的公寓,在底层,下面有溪水淌过,然后是二楼和三楼,那里有您的工作间。我看到,您的房子使用柴油采暖,是集中供暖,我看到烟囱从底层直通楼上,看到房顶上的那个烟囱。但是我看到,我看到了,烟尘渗入您的工作间,因此导致您剧烈头疼。牧师转过身来,看着伊日的眼睛说:因此,您找人把烟囱修整好,停止服用安眠药,睡前喝一杯李子酒……然后他坐下去,在打字机上写起来,写下两行字,然后把纸递给伊日,补充道:其他注意事项都在纸上写着了。

您呢?他转向我,您怎么了?我说:我肝脏肿大,腰部疼痛,医院说我的肝出问题了。这次福兰塔·费尔达没有回到角落去,直接在我的身边发起火来:瞧瞧,您穿的是什么颜色,您怎么能忍受这种颜色,它会害死您,那个棕色,甚至您到我这里来还穿棕色礼服,在家里呢?您这个人,您怎么会偏好棕色呢,棕色对您意味着坟墓,难道您不知道?他气咻咻地坐回办公桌边,在打字机上敲打起来,然后递给我,让我洗澡,把橡树皮磨成粉末喝下,再用冰糖擦拭眼睛。

我们离开时,留下几张纸币作为医药费,福兰塔·费尔达碰都没有伸手碰一下。我们鞠躬退离的时候,他给我们拉开门,冲我嚷道:那个棕色!说完撞上了门。

回程由米拉达夫人驾车,伊日把福兰塔·费尔达牧师的话复述给她听,说中央供暖系统的烟雾钻进了房间,柴油烟尘有毒,他在楼上中毒了……可是,他怎么能看到咱们的房子呢?伊日一头雾水。他正在开车的妻子米拉达突然想起来:没错,春天里有员工上门来修中央暖气的锅炉,他们跟我提起烟气有渗漏,确实,他们提醒我了,让我再去找他们一次,然而我没有去。伊日,锅炉确实往外冒烟……然后大家一路无语,百思不得其解,福兰塔·费尔达如何能看到伊日家的整栋房子,甚至可能他从没有见过。而且,我也搞不清,他怎么能看到我的衣柜里。的确,几乎所有我的衣服,外套,包括皮鞋和袜子都是棕色的。我还联想到,外汇商店的员工们竟也违背我的意愿,给我送来了棕色的福特车。我看出来了,发生在我身上的一切,大概就是我的命运,以后我依然会一如既往穿我的棕色和米色夹克,继续开我的棕色福特。我被敌对的力量裹挟着,所有一切,都以不友好的一面呈现于我,如同面包片掉落在地,着地的总是涂抹黄油的那一面。最好的回应是听从命运摆布,放弃,停止抗争,而是接受它们,视之为自己命运的一部分。所以神替代我作了决定,我遭遇的一切来自外部,我仅是某种力量的牺牲品,对此我无可奈何,正如当初我们订购储热炉,我们本想要瓦蓝色瓷面的,但最后送来了米色瓷面的……我耸了耸肩,走出门,沿着小径走向小溪。我在猫的墓地前伫立片刻,注视着它,回忆我们曾一起度过的幸福岁月,然而那个外部的命运出现了,不是来自本我,而来自那股让我疯狂、变得神经质的力,那些外力决定串通起来捉弄我。我试图抗争,不甘接受自己的行为,但最终接受了一切,认同了一切,即使我知道自己永远不会再快乐。

我再次抓起那剩余的三只公猫,一只橙色猫,随小汽车,另一只虎斑猫,第三只是黑猫,毛皮通体锃亮似漆皮靴子。然而,当我看着它们的眼睛,在里面我捕捉不到一丝情感,如同那些躺在溪边沙土下的猫咪们,然而该怎么做呢?所以在那一阵,我脸色苍白,萎靡不振,那一阵我自己都害怕看到镜子里自己的面容。这次在拜访了通灵学家福兰塔·费尔达之后,我平静下来,挤出一丝笑容,向猫咪们弯下腰去,重又和它们一起在月光皎洁的夜晚沿着栅栏散步。妻子把白色的围栏刷上了白漆,我仿佛围着一排骷髅在环行,五十米长的白木栅栏,在夜间我绕着走了一圈又一圈,三只公猫陪伴左右,上蹿下跳,跺着脚,跑远去,再穿过栅栏跑回来。我把它们抱入怀里,紧紧搂住。我告诉它们所有公猫和母猫的趣闻,虽然它们不配听到这些,却竖起耳朵认真听着。然后,我在地界上走得稍远一些,走进弟弟家里,猫咪们在外面耐心等待良久,直到我出来。它们跳起来,给我明示它们有多幸福。我又走在回家路上,走在白色的栅栏边,桦树和松树的枝桠探下头来。猫咪们在前面跑,停下来,躺倒在沙堆里,期待我俯下身去,亲抚它们或者将它们抱起,贴上脸颊。

　　这三只公猫跟以前所有的猫一样,最期待被我亲昵,抱起来,贴到脸上,一动不动。因为所有的猫咪包括这三只公猫,此刻都会闭上双眼,我也一样。那一刻保险丝接通了,我们之间产生奇妙的半秒钟的联通。那时我理解了事件之间的并联,无法左右一秒一分。那发生的一切,不管对我来说积极或者消极,一切都变为刀刃针对我,那一刻我的印象是,那个书写我命运的时间之手,不是我的。我异常清楚地知道,那只手属于别人,它随心所欲,可以把我的行动延缓或者抢先一秒。不管我做什么,一切都早已注定,包括我的念头,我的臆想。我想通了,其实它早已蓄势,我只不过把钥匙插入门的锁孔,大门虽然由我打开,但是它仅是为我准备而已……

七

　　那段时间,我几乎对猫群已经绝望,它们总是晨光熹微时出现在我床前,嗅到那个时刻,我在大汗淋漓和虚弱不堪中考虑死亡问题的时刻。在那一刻它们来到我身边,不指责我,只是坐着,盯着我,而我没有勇气在半醒半睡的状态里把眼睛从它们身上挪移。所有殒命的猫咪和小猫崽只要看着我,就能把我推向死亡。

那一阵,我收到了民族委员会发来的传票,我被邀请作为证人。邻居波拉赫先生起诉邻居索尔达特太太,说十五年来她透过储藏室的窗洞射杀唱歌的小鸟,还有松鼠,但大多是小鸟,他和他的儿子都可以作证。尤其是我这个作家,就住在老太太对面,我可以证实,被射杀的那些唱歌的小鸟无法成堆集中,但足以装满一车。于是,某个晚上我坐进了民族委员会,切尔尼主席宣读了波拉赫先生的诉状,说因为这几千只被射杀的小鸟,他已经两次就医。他深受刺激,头部为此患病,大家凭肉眼都看得出来,他不断出虚汗,两眼布满血丝,不停地服药,因为所有的鸟儿,那些山雀、麻雀、啄木鸟、乌鸦、旋木雀和䴓,在每天黎明时分纷纷飞来找他,在他床头盘旋,啁啾不停,传达给波拉赫先生请求,让他替鸟儿起诉命运遭遇,它们无缘无故从索尔达特太太花园里的榛子树和果树枝头兀然坠落。而所有鸟儿刺耳的尖叫声让波拉赫先生患上头痛症,因此起诉,提请民族委员会出面补救这种状况。他别无他求,因为那几筐死去的鸟儿已无法醒转复生,但波拉赫先生要求索尔达特太太交出两杆气枪,由他来销毁,甚至他可以为这讨厌的武器付费,只为确保索尔达特太太无法再从窗口射击,而他,波拉赫先生,也可以舒一口气,不必再寻求精神病医院和心理诊所的治疗,鸟儿们也不会在黎明时分飞来,向他倾诉自己的痛苦。

委员会主席让我就此发表自己的见解。我说,虽然我不时在这儿那儿发现被射杀的鸟,也听到过枪击声,有时甚至我地界上的树枝或树干被射到,但我从来不曾看到索尔达特太太开枪,从来没见过她肩扛气枪,我要说的就是这些。

我看到申诉人波拉赫先生的脸涨得通红,眼睛又开始充血,他用一块很大的方巾擦拭湿漉漉的脸,方巾还不够使,他又用手掌抹了一把脸,把手上的汗滴抹到裤子和帽子上,然后走了出去。事实上,说索尔达特太太从储藏室射鸟,即使是波拉赫先生也没有亲眼看到。然而他不仅投诉索尔达特太太,进而还连累到我,说我一直养猫,有时达八只,我的那些猫也捕食鸟类,尤其在我不在的情况下,我的那些猫吃掉了上千只鸟,照此发展下去,科尔斯克将只鸟不存。试想一下,在波希米亚每个小区只需存在两只猫,就可以让所有美丽啁啾的鸟儿灭绝,就如同索尔达特太太在道义上必须受到惩罚,因为每个居民区的房屋里,如果每个业主都从窗窟窿里射杀鸟类,那么那些美丽的歌手就会灭绝。所以,我和我猫咪们的过错跟索尔达特太太以及她两杆气枪的过错不分伯仲。

当我听到这些,不禁心头一亮,之后很长时间心情都很爽,说实话,我消灭了那些猫崽和那些猫咪,实际上是在帮助我的猫,就像索尔达特太太的枪械消灭鸟巢中的雏鸟和栖息枝头的鸟一样。我在内心里感谢,自己作为死鸟的证人被传唤,因此我的行为,我的谋杀具有了意义,因为事实上我是自然资源的保护者。

我接过话头陈述说,波拉赫先生的提醒有道理,我承认,猫不仅是会歌唱的鸟类的天敌,而且这些猫在产下小猫或饥饿的时候,胆敢捕捉野鸡,狩猎野兔和家兔。是的,拿我来说,虽然我没有被起诉,但我知道自己的职责,我也亲手处理和消灭了数目不小的猫咪和小猫崽,目前仅剩余三只猫咪,而且已经许诺被领养。所以我养猫不必征得邻居的同意。我了解规定,如何在地界与邻居毗邻的房屋里养猫和养狗。所以我对那些死猫们的控诉感同身受,当我的愧疚逐渐消逝,但同时我自己又在添加。于是我又补充说:我感到遗憾,在林区不再像以前那样,有专人在地界上巡逻,为了维护禽类和鸟类的生态平衡,射杀野猫和野狗。

我的证词言毕,话锋随即转化为检察官那般雷霆万钧的承诺,我甚至怒瞪双目,发出狠话,等我回到家,要以歌唱的鸟儿们的名义处理掉余下的三只公猫。委员会主席向我表示感谢，同时也感谢了波拉赫先生，他正在吃药，因为我的言辞加重了他的病情，我的讲话又会增加几篮子死鸟，那些美丽而不幸的山鹰、啄木鸟等其他鸟类的小尸体。正如他后来对我说，那些额外死去的鸟，又会在清晨，在他无法入睡时，成群结队盘旋在他床头，他只得加大药剂量，频繁出入精神病院了。

由于波拉赫先生投诉的索尔达特太太没有出席，主席先生宣布会议结束，接下来宣读了会议纪要。由于波拉赫先生父子俩开车前往赫拉迪施特克村，他们顺路把我捎到科尔斯克。在那三公里的路程里，整整半个小时时间，直到停在我家那条巷子的路灯下，我坐在车里听他数落我是个多可怕的男人。波拉赫先生惊奇我怎么能当一名作家，我居然矢口否认曾见过索尔达特太太拿气枪射鸟。我其实在帮索尔达特太太解困，而让波拉赫先生雪上加霜的是，我居然用同样的手法清除家里的小猫，杀害那些会唱歌的无辜的鸟儿，它们能带给那些下班回来、前来度假的人们无穷乐趣。当他们推开郊外别墅的窗户，或者城里公寓房的窗户，公园里悦耳的鸟鸣不绝于耳，这有助于他们更好地工作。因此，他必须找民族委员会投诉，他投诉的事项自然明了，由于那两杆气枪和那些猫，每个季节都有成群成群的鸟儿飞走了。

波拉赫先生的演讲结束之后，昏暗中坐着的他，在路灯洒下的光影里整个熠熠生辉。我祝愿他在下一场拯救鸟类的战斗中取得成功，并告诉他说，他是个勇敢的男人。这时后座黯淡的散光里探伸过一个卷发脑袋，他的嘴巴几乎贴到我耳朵上，我把头收回一些。后座上坐着的那位高大的小伙子，波拉赫先生的儿子，等我侧过头去，那个年轻人再次把嘴凑到我耳边，低声对我说：怎么样，赫拉巴尔先生，那些可怜的奶牛，夏加尔奶牛？我们必须争取牲畜屠宰的人道待遇。哦，那些可怜的夏加尔奶牛！在一些屠宰场，在设有兽医学院的某些城市，进行屠宰时会有整班的未来兽医们来到待宰杀的牲畜身边，在教授的指导下，那些学生取出将来要操作的器具，打开活牛的胸腔，亲眼看到活生生的心脏、肺、肝、脾、胃，教授逐一指着牛的脏器进行教学，没有人留意活牛的眼睛……

赫拉巴尔先生，那双眼睛，古希腊诗人曾把它们喻为女神的眼睛，阿芙罗狄蒂长着的牛眼，是世界上最美丽的眼睛。赫拉巴尔先生，希腊人和其他古老民族都知道，杀一头牛等同谋杀，所以要归咎于众神，牺牲美女美男来祭神，抛洒鲜血，把罪恶感转移到神身上。现在我们在屠宰场无所顾忌地宰杀牲畜，这还不够，未来的兽医们甚至在谋杀前还把活牛开膛破肚，为了掌握和见识课堂上学到的理论知识。赫拉巴尔先生，我们必须行动起来了，我是其中的一员，因为那些无辜的牛眼，待宰杀的牛的眼睛，那些令人痛惜的夏加尔奶牛，那些眼睛抗议的不只是我，不只是您，而是全人类的谋杀，所以，赫拉巴尔先生，我必须要倍加小心，不要死于这些画面……

年轻人对我诉说着，他的嘴唇在我耳垂边蠕动，我再次看到了猫的眼睛，那些被我杀死的猫，那些指责的眼神，那些眼睛不曾料想我会伤害它们，但它们确切地知道，它们爱我，在我床上它们生下自己的后代，它们信任我，无条件地相信只有跟我在一起，在我身边，它们才幸福。而我在邮政袋中摔死了它们，就像对待害虫黄鼠狼一般。它们给我叼来唱歌的小鸟、鹈鸪和雉鸡，还有小兔子，这并不是它们的本意，只为了努力在我面前表现，以自己的猎物来得宠。所以我应该任由它们被射杀，应该由森林里出现的护林员、猎人，而不是我杀死它们，所以我非常内疚，不是因为我杀了它们，而是因为我扼杀了爱，这才是我的罪过，我的眼睛里写满了罪恶。凌晨当猫咪们来找我，将来它们也会来，这实际上是我自己对自己的起诉，因为我内疚，这种罪恶感会始终相伴，只要我活在世上，就像波拉赫先生，无幸而被那些鸟儿纠缠不休的想象：那些被气枪和我的猫咪杀死的小鸟，在早晨将继续飞向他的床头，惊恐地尖叫，就像我的早晨一样，就像那个年轻人，每天早上必须倍加小心，省得在那些谴责、沉默的夏加尔奶牛的眼睛浮现时，死去……

我在哀叹中走下车去，砰地一声撞上车门，车子开走了，我在高钠灯的光晕里拐进巷子，前方围栏泛着白光。现在我走在黑暗中，迎面跑来三只半大的小猫咪，鼻子蹭着我的双腿，跳着往前跑，再返回来，在我的脚边蹭，向我展示它们怎样地爱我，如同它们的母亲那样，爱我却死于我手中。

八

那段时间我来不及惊讶于自己生活的跌宕起伏，忽左忽右。世界在我眼里如同脱缰的野马，疯狂的司机着魔般扯动着缰绳。但我已身在别处，我不只敬拜各类树木，就像多年前那些买了我地界的女教师。我也敬拜那三只公猫，我对镜子里的自己鞠躬，对自己微笑，因为我已经不害怕我自己。我有那样一种感觉：似乎脑袋里有一根簧，我被它牵引，至于结果如何或者去哪里，无关紧要。但那种奇妙的感觉，即一切皆为我准备，就像为新郎，或者为送葬队伍里的伴娘或者小伙子。那种感觉，我压根儿不孤独的感觉，不断给我注入力量，是甜蜜的幸福感，即使那幸福中潜伏祸患，因为一切存在源自非存在，一切来自其对立面……

那段时间我凌驾于自己之上，我已经具备奢侈消费的能力，我抚摸着肿胀的肝脏，对自己的眼睛说，还等什么？哭泣的肝脏？哦，面对这具枯朽的躯体，我已经不存在危险，不管发生什么，我都会坦然认同，因为我和猫咪共同经历了一切，如同我经历了所有的战争，如同参与了在美莱村、在黎巴嫩发生的大屠杀。因为这一切，我在《百年战争图片录》那本书中读到的,我都经历过,但别人做的那些事,我同样在做。我曾冒着枪林弹雨,带领那位年轻的法国女摄影师,钻进黎巴嫩的一条偏僻小巷,然后她一定要我和五个被剜去生殖器的长枪党人合影。那个人是我,那一年我还没有降生到这个世界,然而对此我同样感到内疚:我们和土耳其朋友们砍下战死的士兵的脑袋,装到面粉袋里,然后带到小镇上,在那里和那些被砍下的对方士兵的头颅合影……

一个晴朗的早晨,我和妻子去寻找某个办公室,虽然只需拨个电话,告诉他们说我们交了房租,并出示缴费收据即可。我们开着福特车从斯特西科夫区到贾布利策,颇费周折找到了那间办公室,甚至我们一度站在了斯特西科夫的水塔边,妻子跟一位老妇打听比莫娃街在哪里?妻子摊开一张地图,于是两个女人在那张首都市政图上找起比莫娃街。两个邮差从我们的福特车边走过去,在热烈讨论着什么。他们经过我身边时,我只需摇下车窗,问一下那两个年轻人,就能得到正确答案,但我自作主张,认为耽误的一切,会加快实现。我坐在那里没有动,然后我们开车去了那个拿雨伞的老妇指的地方,办公室不在那里。我们不断地延误,同时不断地加速,为了最终选择那个时间,那个仅属于我们的时间,实际上属于我的时间。因为昨天,妻子焚烧了耙草,把我们用不着的东西都扔入火中。之后我走进农具棚,发现那个邮政袋不见了踪影。

烟雾在小溪旁的柳树边袅袅升起,为保险起见我去问妻子:嘿,我在农具棚里有一个旧邮袋,你没烧掉吧?妻子点了点头,说烧掉了,因为万一有人发现它的话,会以为我们参与了若干年前在恰戈维策发生的邮车抢劫案,那次丢失了一百多万克朗呢……我沿着猫墓地所在的那条小路,在灰烬中寻找,用一根棍子扒拉,只发现了圆圈、黄铜圈和邮袋纤维留下的细腻尘灰……

最后总算找到了那间办公室，妻子跑进去，理直气壮，哆哆嗦嗦地把收据拿给女办事员看，表明自己没有拖欠房租，不是像他们在信中所写的那样没有支付七月份的租金，然后意犹未尽地钻回车里。我们驱车离去，妻子的身子因愤怒而瑟瑟发抖，说他们怎么能写出这样的信来。然后我们出城，阳光清澈，我们驶过郊外，打算给汽车加点油，但想了想说还是回家时再加吧，于是我们去了波切尔尼策，然后去耐赫维兹迪。前面出现了下坡路，当我们一路往下，开往莫霍夫斯卡加油站时，从下面爬上来一辆大货车，带拖车的那种。当我们与拖车交错而过时，我只看到面前一片蓝色，随后传来可怕的撞击声，如同交响乐结束时的辉煌乐章。挡风玻璃破裂了，粉碎成五颜六色的晶粒，一会儿，光消失了，然后又是撞击声……

周围万籁俱寂，我闻到骨头烧焦的气味，睁开眼睛时，我发现浑身上下铺满玻璃碎渣，感觉听到了李斯特交响诗的前奏曲。我双脚冲上倒挂着，妻子在我身边，也是头朝下倒悬，头发看上去很滑稽。我们一动不动倒挂了一会儿，等待自己在撞车事故中慢慢死去，什么时候开始流血呢？然而什么也没有发生，四周死一般的沉寂。

然后我看到了颠倒的工装，我松开安全带的按钮，头部砸到地上，一双人类的手把我拉起来，手上方的那双眼睛满是震惊。在另一边，另一双手拉起我的妻子，她呻吟着，开始哭泣：我们这是怎么啦？我告诉她：你对我做了什么？然后我站起来，身后是一个加油站，在上午的阳光里正对着一辆货车，车身是蓝色的。而我们的棕色福特，此刻四脚朝天躺在沟里，巧克力色的福特十三，已经面目全非……

货车司机斜靠在冷却器上，脸色苍白，抽上了烟，胳膊肘支撑着，满怀敌意地看着我们，耸耸肩膀说：我没看见你们……

我在事故现场来回踱步，身上的玻璃碎片嗖嗖落到地上。我浑身上下摸索一遍，发现头部淌下一点点血。我又摸一遍，发现肋骨断了，在我手指头触摸下发出响声。我漫无目标地逡巡，一直走到加油站，有人在那里给我的妻子擦洗，然后救护车到了，接着又来了一辆，然后是带 VB 标记的黄色警车，当警察看到我们的车时，脸色刹那间也变得煞白……

我踱来踱去，心知肚明，正是这辆车，它为所有殒命的猫咪们画上了句号，我等来了外部力量的干预。这是我的命运，我们差点在棕色的福特车里被砸成肉酱，车的内饰和顶棚与邮政袋同色，在那个袋子里我杀死了那些不幸的猫咪。现在我的天穹平衡了，我受到了惩罚，所以我们在天堂赎罪，它高高在上，左右我们的命运……

我笑了起来，当他们要我上救护车时，玻璃碎片从我的外套往下滑落；在宁布尔克医院接受透视时，我笑了；当医生为我包扎头部，固定折断的肋骨时，我笑了。整个星期我都在笑，躺在宁布尔克医院，我的头发里都掉出了好运气的玻璃屑，因为我被拯救了，因为我躲过了因自责和内疚最终在小溪边的柳树上自缢。无论谁问我如何在车祸中幸免于难，得以获救的，我都报以爽朗大笑，说：太壮观了，堪比最强劲的道德交响乐。

那个不幸的卡车司机和我一同躺在医院里，就像我，像我的妻子，甚而像他自己，无法在其他任何地方节省下哪怕一秒钟，亦无法在任何地方拖延片刻，事故必然要发生。我对所有人说，发生的这一切，无比壮观。我对自己说，如果有一天我想离开这个世界，没有什么比这更美丽的事，一如我挚爱的抽象表现主义绘画大师杰克逊·波洛克①的抉择，酣畅淋漓。当他描绘出我眼里无以伦比的美丽画面，

---

① 杰克逊·波洛克（1912—1956），美国画家，20 世纪美国最有影响力的抽象绘画奠基人之一，因车祸丧生。

当他喝完一罐威士忌，抽完几颗美国长红烟，在雪松酒吧用完晚餐，驱车让身体和灵魂彻底体验，那种尝试，多舛的命运在我身上也尝试了，为了在猛烈撞击中当场毙命。

当被那个和悦的年轻警察问及是否准备起诉，我申明不起诉，并签下名字，我说我所经历的，非常壮观。那位司机马哈拉先生，他感到内疚的是，没有发现他的车是侥幸从辅路冲入主路，从而给自己惹下大祸，然而他让我解脱了杀害猫的罪恶感，那些生命凭借在十字路口发生车祸对我进行了补偿。

后来我和马哈拉先生坐在医院的病床上，当他反复几次问我是否记恨他撞了我，我也回答了他那么多次，直到他笑起来，直到他伤痕累累的脸上露出怪相。我握住他的手，对他说：马哈拉先生，如果人运气不好，喝凉水也塞牙呀……那一刻我的脑海里又浮现出科尔斯克的三只公猫，在所有的遭遇中我看到命运的暗示，它让我尽快回到它们身边，尽快为它们倒上牛奶，尽快与它们再次在月夜沿着白色的栅栏散步，给它们讲述猫咪大家族的故事，然后逐个抱起它们，贴近脸颊，轻声诉说爱的话语，那些一模一样的话——我曾经对已先于我们离开的猫咪们说过，那些无论因意外或是经我手而死的猫咪们。

此外，当从马哈拉先生那里得知，他在宁布尔克的住房是从马利施卡先生手里买下的，我不得不发笑和惊叹于我们平行的命运，冥冥之中在莫霍夫斯卡加油站发生了交叉。马利施卡可是我的朋友，我的导师哦。我们曾有十年时间，在马哈拉先生买下的房子里，和马利施卡先生一起写诗，我们写下新诗学宣言的第一本诗集。我们曾为巨大的幸福喝得酩酊大醉，我们认识到什么是超现实主义，什么是奇妙的相遇，它不仅关联超现实主义者，而且让我看到自己、马利施卡先生，以及买下了那栋陪伴我度过快乐岁月的著名房屋的马哈拉先生。

所以，其实我们早已被命运击中，我们被狮身人面像的手掌摁倒在地，它抓住了我们青春的葡萄园，这个圆因那个在莫霍夫斯卡加油站发生的幸福撞车而圆满，那场车祸删除了我犯罪记录里的罪恶。因为即便是小猫崽也不能被无辜伤害，有罪就要接受惩罚。

我该拿这么多猫怎么办？

后记

当天傍晚，我走向那条冰河，折断的肋骨始终隐隐作痛，但是我在车祸发生的一星期之后，已经恢复得很不错了，并非我这个人很强，而是因为我的榜样是弗兰塔·施嘉史特尼①，他在二百五十排量的摩托赛车上摔断了两根肋骨，让人用绷带绑紧胸部，不消两个小时，他就超越了三百五十排量的摩托车对手，赢得了比赛。

太阳在西边沉落，西边的天空呈现一片玫红。当蓝色的苍穹在我头顶上掠过，慢慢地浮现出第一颗星辰，在那里一闪一烁。

穿过树林时，我的脚步声惊动了小鹿，它们的小蹄子正扒拉开积雪和松针，想在沙堆里刨出隐蔽的庇身之地。我心里感觉不忍，自己又惹下祸，吓跑了那几只小鹿。可是怎样做才好？

在那场对我来说意味着幸福的车祸之后，我的行动莫名变慢了，不知何故，我呆在自己所在的地方，感觉很快乐，我甚至不再希望乘坐公交车去布拉格，再从布拉格回到科尔斯克。我愿意坐在家里，三只公猫一直在睡觉，可以睡到永远。在秋冬季节，一切对它们来说都无所谓，除了吃就是睡，而我呢，当它们睡着的时候，可以几个小时坐着，望向窗外，已经不是看白桦树和松树的枝杈，不是看最后一片树叶凋落，就只是那么张望，抚摸缠着绷带的疼痛的肋骨。但对我来

---

① 弗兰塔·施嘉史特尼（1927—2000），捷克摩托车手。

说它已然不是痛苦，更像是一种类似于满足的温暖的疼痛。在某种程度上，那场车祸来得恰到好处，我现在揣着裂断的肋骨意识到，实际上，我应该去哪个地方的读者见面会，做什么？去哪一个小酒馆，他们在那里等着我，做什么？我真有什么地方要去？什么事情要做吗？我，一个七十岁的老人？

那场意外的车祸让我如释重负，即使现在我的身体上依然缀满伤疤和淤青，即使现在，也恰是现在，我开始感觉到疼痛。两个胳膊和腿，颈部和脊椎，当我们在那辆幸福的福特车里翻滚，撞击，像哨子那样……

借助这些疼痛，我剔除了身上的罪恶，对我来说，堪比从犯罪立案的记录中删去了刑罚。那场车祸对我来说，酷似疯狂和病态的精神病人获得的临床休克。也许我会停止写作，车祸损毁了点火器，使我身上出现了变化，它让我远离了精神病医院，在我身体里尖叫的一切，现在都平寂下来；曾撕扯我的心脏和大脑的相关猫的一切，都宣泄走了。而我像个释放回家的犯人，坐在家里，坐在窗前，只能够直视宁静和自己平和的内心。

所以我现在沿着冰冻的河漫步，脚下是清脆的积雪，浅色的芦苇在风中慌乱地舞动，挪威红腹鸟听任我走向那丛冻结的蒺藜灌木，红色花环裹在鸟儿砖红色的脖颈上，飞向另一丛蒺藜。黑魆魆的森林耸立在冰河的对岸。于是我穿着白袜子，踩着雪靴，走进风景里，我从六岁起就迷恋这样的风景，因其单调而美丽到极致。漫步在这样的平原上，你看不到周围任何东西，只能一直走，但你可以跟自己交谈，或者任由精神和灵魂，精神和要素进行对话。

六岁那年，当我走在易北河畔的风景里，朝啤酒厂后面的科马伦斯基岛走去时，那个地方吸引我：在科马伦斯基岛之后的更远处是什么？在比斯蒂村①里有什么？在村子之后是什么？在克斯多姆拉特基②之后的地平线后面是什么？在那个时期，甚至在之后的二十年里，我被召唤着行走，不停地走，始终对地平线之后的神秘充满好奇。最终，我走到了，然后骑自行车一直骑到了汉堡。

如今地平线对我已失去吸引力，我对自己呆着的地方心满意足，我很幸福我能够存在，我很幸福我做到了让自己走得更远，同时可以梦想自己想要的一切，甚至可以享受奢侈生活，我什么也不需要考虑，同时又什么都在考虑。于是，我走在深沉的波光粼粼的黄昏里，雪粒在我的雪靴下嘎吱作响，高高堆积的冰雪，仿佛把我分割到了温室的窗玻璃里，其实我在车祸之后，从我跟九十码速度的卡车相撞那一刻开始，我才发现，之前我不相信，但我认为，其他人都远比我聪明，远比我有道德，长得远比我好看……人们所拥有的一切都比我完美，所有人都能发现底层的珍珠，而我能找到的唯有来自童年的负疚感，在孩提时代我就有罪恶感，我打量别人时也心怀愧疚。甚至在我的童年，几个陌生的叔叔，骑在一辆自行车上驶过，而我看了他们一眼，他们就下车来给我狠狠的一巴掌，然后吐一口唾沫，怀着巨大的满足感，重新跨上车扬长而去。我捂着脸，往家走，或者我走进了学校，为自己的过失害臊。我做了什么可怕的事，让那些陌生的家伙从我无耻的脸上看出了我的罪过，他们自己动手惩罚了我。也许我挨的那几巴掌是我将要干坏事的预支；也许那几巴掌是为了让我及时醒悟，悬崖勒马；也许那几巴掌是为了那些被我在邮袋里抡死的猫咪和小猫崽。

正因此，从前作为一个小男孩，后来作为一个青年，我不断地奔

---

① 位于宁布尔克，赫拉巴尔的故乡。
② 宁布尔克西部的一个村庄。

跑，逃跑，总想到达地平线，然后藏匿在它后面，但我始终发现，在那里，在那个边界上又打开了新的地平线，我必须再次奔跑，奔向那条天际线。但每次它在我眼里渐行渐远，如此漫长，直至今天，在此地，当我漫步在冷冻的河畔，天际线从四面八方翻转过来，每一条线穿越过我，形成一个中心，但没有触碰到我，然后似回旋镖那样回到我的手和脚上。

雪在我的雪靴的橡胶鞋底下发出嘎吱嘎吱的声响，我转过身去，在我身后踏过的雪地里，留下一片巨大的相思树叶似的印记。我再次转过身，看到身后留下的一个个脚印，很像我淋入蛋糕的糖浆。

从宁布尔克医院出院一个星期之后，我立刻去了金虎酒吧，因为我的榜样是尼基·劳达①，他几乎和自己的赛车一同烧毁，但在五个星期之后重又坐到一级方程式赛车上，好像什么事儿也不曾发生过。在啤酒馆，我遇见了翁德瑞切克，福尔曼先生的摄影师，我大笑着提醒他说，十五年前就在这里，翁德瑞切克先生给他的儿子庆祝生日，他开车载着朋友，把车撞到墙里，差点丢了性命。翁德瑞切克先生活过来了，脸上缝了好多针……他给我指了指脸上缝合的伤疤，一阵爽朗大笑之后，补充道：您知道吗，上星期还从眉毛上端的皮肤里取出了一块玻璃屑呢？

现在我漫步在冰河边上，就这样巡视河面，日落之后的一抹粉红依然残留在冰面上。我不敢相信自己的眼睛，可是当我看了一遍又一遍，在那里，在距颓败的芦苇几米远处，有一只活天鹅。我不由得惊悸，夜里将再次刮起北风，苍穹之下又将是零下十五至二十度的霜冻严寒，我担心那只天鹅将被冻伤。

---

① 尼基·劳达（1949—   ），奥地利人，三届F1车手冠军、飞行员、企业家，被誉为F1史上最勇敢的赛车手。

于是我走下河岸，走向那丛芦苇，去看那只美丽的大鸟。是的，那是只天鹅，长着美丽的颈项，但她的眼睛里燃烧着愤怒，因为我逼近了她，在打量她。我看到，雪刮过结冰的河面，颜色似磨碎的肉桂，蓬松的雪在天鹅四周翻舞，似涟漪，似水的泡沫，似驶过的船只带起的浪花。而这正是让我揪心的状况，那只天鹅已经冻木了，它距河岸三米，几乎触手可及。因为害怕脚下的冰层会破裂，我慢慢地躺倒在我脆弱不堪的肋骨上，这是我在服兵役时学会的，胳膊肘支撑起身体，于是我的肚子趴在冰冻的河面，肉桂粉末般的雪粒吹进我的眼睛里，我用胳膊肘往前一挪，把手伸向天鹅。她垂下脖子，眼神更加愤怒，在我手背上狠狠啄了一口，对我发出咕咕的叫声。虽然手背上冒出了血，但我拉过天鹅，用所有的手指从上方去抓她的翅膀，然而天鹅的身子已经冻僵了，她又一次往我手上啄来，这一口犹如小斧头的砍击。我知道，如果就这样靠近天鹅，等我弯下腰去，她的喙会给我重重的一口，就像一把刀砍向我的眉宇间，她宁愿折断自己已冻结在冰面上的双腿，宁愿折断……另外，天鹅身后几步开外就是水流，冰面上有一个孔眼，大小不会超过一个木偶，一块木板……里面涌动着深黑色的河水，打着旋，那个孔眼让我心生恐惧。最关键的是，我害怕翅膀的拍击，从前我曾经用双手抓住天鹅的身体，天鹅扬起两个翅膀往我脑袋一扇，我便昏了过去……所以，我捂着骨折的肋骨退回到岸上，手上淌着血，带着赞叹遥望天鹅，期待会出现解冻，也许明天将出现灿烂的阳光，天鹅身下的冰雪将融化。我肯定，我会来这里看望天鹅，也许那时候她已经飞离。

当我踯躅着往上走，朝着那个方向，仿佛从天而降似的，一根巨大的树枝横躺在地。我手持树枝，又回到岸边，回到东倒西歪的芦苇丛，试图去解救那只天鹅。但仅看了一眼手中的树枝，我便看到了自己的结局，天鹅有力的喙会使劲在各个方向啄尽树杈上的树皮，然后尖叫着嚓嚓几下把树杈咬裂，脖子用力一甩，从我手中夺走树枝，扔出老远。

天鹅依然被牢牢地冻结在冰河上，她愤怒的眼睛从我身上挪开了，抖动羽毛，用喙轻抚并梳理起来。我依依不舍地离去，不断回望她的身姿，魔怔了一般。天鹅继续在昏暗的夜空镜像下梳理自己的羽毛，用颈、喙和脑袋抚平那些羽毛，让它们贴近身体。此刻的颈、喙和脑袋俨然成为了梳子，而之前更类似一把园艺夹剪。于是我返身回去，踩着之前迈向那只冷冷拒绝我的天鹅时雪靴留下的脚印，我曾想助她一臂之力，想帮她解脱，把她带离此地。天鹅应该知道，我想把她带回家，精心喂养她，等到春天来临，或者她自己想离开我，腾空飞起，越来越远。

回到家时，骨折的肋骨又开始痛起来，好像我又一次把它们弄断了似的。我幡然醒悟，大脑违背我的意愿对事态重新进行了审视：这只天鹅的出现并非偶然，那是我那些殒命的猫咪们的安排；天鹅拒绝我拯救她，因为那里植入了我的命运，从外部侵入人的命运，其部件、消息的源头来自别处；实际上，既然我能杀戮那些个猫，那些猫咪们曾如此热忱而且别无他求，除了仅希望和我生活在一起。那么眼前这只天鹅，我想倾力帮助她活下去，存活在这个世界上，这只天鹅恰恰宁愿牺牲，宁愿去死，所以她固定在那里，为了证明给我看，并非悖反的一切是正确的，反过来，悖反的一切不都是真的，而我依然有罪，就如同我的整个生命是有罪的，即使我不知道原因，以及为了什么。

于是我跌跌撞撞往家赶，树林里已经漆黑一片，我只得凭借树冠空隙间露出的天幕辨认方向……回到家，瘫坐在椅子上，三只公猫设法取悦于我，相互追逐，假装疯闹，翻跟头，一个接一个趴到我肩膀上，盯住我的眼睛看，但我在自责中痛不欲生，懊悔没有坚持救下天鹅，哪怕违背她的意愿呢，只要能救下她，我就问心无愧。

我服用了安眠药，但每过半个小时会醒来，看一眼钟表，迫不及待盼着天亮，好带上小梯子出发，就像去救护掉进池塘的小孩。我将梯子放倒，顺梯子靠近我的天鹅。我在农具棚里寻出了一副皮手套，省得划破手上的皮肤。

我想起那个晚上，我坐在翁德瑞切克先生——那位福尔曼先生的摄像师身边，他给儿子庆生时曾把汽车撞到墙上。那天突然来了一个女人，坐到了我们一桌。当时正下着雨，是我发生车祸后的第七天，女人出现时身披皮制斗篷，头上一顶礼帽，拄两个白色的拐杖。她化了妆，手里的雨伞往下滴着水。然后她和我们一杯接一杯喝起啤酒，过去五十年里，斯巴达和斯拉维亚足球俱乐部的球队人员她都倒背如流。毫无缘由地，她就对着我，并且把她的彩绘指甲放到了我的衣袖上，说：现在我跟您说一件事，您可以把它写下来，马上去作家出版社要定金：我三岁起就是斯巴达队的球迷，父亲，我的父亲常带我去那里，您想象一下，我十七岁时正值保护国时期，国家被侵占，这您知道的。我走进我的包厢，我和父亲共有的包厢，当我走进体育场时，球场的票全部售罄，我就等候父亲来。后来走来一位工作人员，对我说：小姐，稍等……喜剧之王弗拉斯塔·布里安先生出现在了我的包厢里。工作人员对我说，很遗憾，这间小屋已经跟我没有关系，因为他刚读到一则消息，很不幸，我父亲被处决了，因为暗杀帝国保护总督莱因哈德·海德里希的计划是我父亲批准的。现在他只能给我一张站票，如果我坚持留在这里的话，会对整个俱乐部造成无法预计的后果，因为谁批准让总督先生死亡，他必定要被处死，从这个国家一笔勾去。

我站起来，失声痛哭。我往东边的方向挤出去，沃伊达·布拉达奇迎着我走来，还有冬达和年龄最小的布拉达奇·路德维克，他们张开双臂抱住我，因为他们都喜欢我：你为什么哭？我告诉了他们实情。沃伊达和冬达喊道：既然你不在包厢里看球了，那我们也不踢了。你，路德维克，想办法把她带到斯拉夫包厢去。这几个球员带我离开了那里。我并没有看足球赛，一直低头看着地面，看地上的烟蒂、火柴棍和空啤酒杯，我一直在流泪……您写吧，把它写下来，您只消去作家出版社编辑部提一下，您就能领到定金，因为您也是我们的喜剧之王。女人说完，端起手里的第十杯啤酒痛饮起来。那次我也喝了很多，比以往任何一次都多……

这个故事我后来复述了一次又一次。

猫咪们睡着了。我走出门去，天还没有亮，我摸黑拿起梯子，像个清扫烟囱的工人。肋骨已经不疼了，它们顾不上让我疼痛，连那些淤青伤痕也不再捣乱，但我毫无知觉，因为我被内疚驱使着，我又没有履行自己应该做的事情。我走出门，祈祷我的天鹅仍然活在世上，至少在我前去营救她的一小时里，活着……

于是我重新踩着自己的脚印朝天鹅走去，感觉自己在前往编辑部的路上，去领取那位女士在金虎啤酒馆赠予我的那个轶闻的预付款。我摔倒在地，好几次和梯子一起滚落下去，于是我——喜剧之王，作家，经常有很多人给我讲述离奇、粗俗的故事，然后开怀大笑一气，譬如像我们如何在楼梯上拉屎，然后一位小姐目睹后朝电动打字机上呕吐。所以，当您把这些个故事讲给出版商听，他马上会掏出预付金给您……

于是我这个喜剧之王，站在河岸边，冰冷的风雪刮了一整夜，我站在被雪粒轻微覆盖的自己的脚印里。东边刚刚拂晓，原野沐浴在氯光和粉红里，逆着水流方向。当我往天鹅昨天待的地方张望，我以为她飞走了。我放声大笑起来，仰起头，对着寒风凛冽的天空，大声呐喊自己的幸福：那只美丽的大鸟，那只在英格兰只属于女王、任何人伤害她都会被女王亲自起诉的鸟，她得救了。令我骇怕的负罪感顷刻间从我身上一泻而去……

然而，当太阳跃出冰冻的河面，在距河岸三米处，显现出一坨柔软的雪。我凝神一看，便看到，在那坨雪的下面，是我的天鹅。在她的心脏被冰雪冻僵之前，她让自己的颈项拱出一道优美的弧线，及时把自己的喙插入到翅膀底下。风不断裹挟雪尘而来，将她掩埋，她躺在那里，似一尊美丽的雕像。我的心裂成了碎片。我望着她的脖颈，那掩藏在翅膀底下的喙，它勾勒出一道弧，如此神秘的组合，宛如人类祷告时手指交叉相握。天鹅就这样，用整个身体围成一个圆，作为她永恒的回归。天鹅，昨天她凛然拒绝我前去施救，拒绝我帮她脱离已与她结为一体的冰层，还有她冻结的羽毛……

我依然放下梯子，近距离地去靠近她，梯子仿佛量身定做一般，慢慢地我爬到天鹅身旁。如同住在布拉格公寓里，临行前，我要三次检查燃气灶是否关闭，三次检查浴室和卫生间的灯是否熄灭，三次检查大门是否锁严。然后我还要返回一次，第四次把所有事项再检查一遍。因此，尽管我看到，那个位置上除了我的天鹅，不可能躺着其他的东西，我依然伸出颤抖的手，扒开雪，看到了她肿胀的翅膀，然而我扒雪的手没有停下，是的，她的脖子……

后来，当我像树獭那样爬着倒退回去，当我在遭遇车祸已经不再难受的时候，我的心开始剧烈地痛起来。我从岸边再次爬回到天鹅身边，往返了一次又一次。我试着扒去更多的雪，看到那个掩埋在雪下的美人。也许，她这样修整仅是为了我，为了愉悦我的眼睛。于是我面对黎明的昏暗呐喊，苦涩地意识到身为捷克喜剧之王，我有资格为这个天鹅事件去领取定金，但不是去作家出版社，而是进入墓地，不是死亡之穴，是地狱。在那个地狱里，我将以自责、内疚和羞耻感来烹煮自己，它们将纠缠困扰我，直到永远，直抵后果无法预期的心脏……

中老年舞蹈班

小姐，就如同来找您聊天一样，我最喜欢上教堂那边欣赏那些美女了。对教会我并没什么兴趣，可教堂边上的那家店铺真是别致，店主叫奥特曼，在店铺里倒腾一些老物件，诸如老式缝纫机、美国产的双转盘留声机、马科斯牌迷你型灭火器之类，奥特曼还从事一项副业，专门为周边的啤酒馆和酒吧物色美女。

女孩子们常常在奥特曼家后面的小屋子里借宿，初夏时节，那些尤物们就在花园里支起帐篷，这下引得教长先生火烧火燎地沿着花园的围栏不停地散起步来。在花园里，那几个时髦女郎打开留声机，唱歌，抽烟，身穿比基尼晒日光浴，这番人间美景，想必天堂里也不过如此了吧。所以教长先生沿着围栏走过来踱过去，来回逡巡，这是有原因的。他手下的几个教士出了状况，一个教士瞒着他跟堂妹私奔到了加拿大，第二个转会进了捷克斯洛伐克教会，娶妻成了家，第三个更甚，无视教规，直接翻过围栏跟在花园里晒太阳的那群脂粉厮混，无法自拔地迷上其中的一位，失恋后用左轮手枪，也没准是勃朗宁手枪了结了性命。勃朗宁这种玩意儿，搁谁身上都会丧命的，我们小时候曾借来过一把，瞄准栅栏练枪法，想效仿电影里的火枪手康纳利。后来弟弟把勃朗宁枪拆卸开了，我们再没能把它拼装回去。多少次在绝望中我们曾想要自杀，无奈勃朗宁手枪就是拼装不起来，这反倒成为我们的幸运，不然我怎么能随时光顾教堂这边，来找小姐们摆龙门阵呢。

每次出门之前我都会用心打扮一番，套上条纹裤，银行职员们穿的那种，然后在教堂边的灭火器墩子上坐下来，俨然外交官的派头。太阳明晃晃照下来，姑娘们一溜并排躺在毛毯了上，身上 水儿比基尼泳装，一共六位女孩，好似一个"太阳崇拜者"组织。她们脸朝天，双手架在喷了摩丝的头颈下，故意翘首仰望蓝天白云，任由自己的胴体让雄性的目光一览无余。作为欧洲文艺复兴的崇拜者，敏感如莫扎特的我，宛如鳄鱼般睥睨起了双眼，一只眼睛斜向教区花园那边的教长，另一只眼睛扫向那些在膝盖上交叉的修长大腿，一只只美丽的脚踝正轻轻晃荡，于是我的身体便仿佛有蚂蚁爬上来，半打美人环绕身边，谁能享有这般眼福？唯有皇帝或者苏丹了吧。

我给美女们描述自己做的美梦。我梦见面包师把面包送入烤炉，这是中彩票的兆头，可是我手里并没有彩票呀；当然，在梦里看到面包房出现，也意味着一夜狂欢，可狂欢能带给我什么呢？哈夫利切克①和耶稣基督，他们俩从来不苟言笑，相反，满脸悲悯，因为若要成为伟大的思想家，就不能犯蠢。哈夫利切克拥有钻石般的大脑，这一点连教授们都惊叹不已，于是合力把他推上大主教的交椅，无奈哈夫利切克宁愿选择正义，满足于一小杯咖啡和一盆素汤，为全民族减少文盲而兢兢业业。只有变态之人才会半夜里梦见自己在大粪里打滚，那是期盼逍遥时刻来临，或者在睡梦中看见尿壶——不肯错失舒适的未来。当然，亲爱的女士们，特立独行，不指望父母，那是一种能量。像那个马诺赫，有一个当狱卒的爹就轻狂自大，成天游手好闲，不是酗酒，就是偷鸡摸狗，闹得不可开交。

---

① 卡雷尔·哈夫利切克（1821—1856），捷克诗人、记者、经济学家和政治家，被视为捷克新闻、讽刺和文学批评的创始人。

在奥匈帝国时期，社会民主党、自由思想家和教权主义者之间常争论不休，一派认为，世界起源于猴子，另一派则咬定是上帝用泥巴捏出了亚当，再用亚当的肠子塑造了夏娃。嗯，其实夏娃本也可以用泥巴捏就，那还省心呢。反正这些都是谁也道不明的困惑。当初世界一片荒芜，如星辰般寥落，只有人们像小喜鹊那样噪聒不已，操心无关紧要的事。可不，我对大臣那个摄人心魄的千金也怀有非分之想，可这事它成不了，那又能怎么办呢？结局明摆着的！哎，圣母玛利亚！王储染上了梅毒，维切洛娃夫人搧了他一巴掌，结果马车夫一枪结果了她的性命。想必每位小姐都有同感，如果她的那位性无能，自己还不如被活埋了好。年轻时我曾在世界上最棒的军队服役，我对军医说：医生，我胸口疼。他却这样回答我：我也一样，小伙子，如果能拥有十万个像你这样的小伙，我们就能征服整个世界啦！说完给我打了最高分，我成为了赢家，不禁得意洋洋，手舞足蹈。然而军医又冲我喊道：嘿！你闲的话，跟我夫人去一趟火车站吧。军医的妻子是个美人胚子，跟玛丽·齐格勒①一样的标致，体态丰满如玛丽亚·特蕾西亚②，打扮高贵堪比王后。夫人马上问我，你还没成家吧？后来递给我二十克朗脚力费，但我没有接纳，这叫做骑士精神，换了哈夫利切克和耶稣基督，他们也不会接下这二十克朗的。

您知道，那个年代人人都是国家队的忠实粉丝，我喜欢往鼻子架上夹鼻镜，领带上别一枚奖章，那是我好朋友的祖父代表布尔诺阿喀琉斯体育协会参加跳高比赛获得的。关键是您口袋里得有钱，有钱便有一切，包括漂亮小姐，哪怕那人是个驼背，或者龙钟老态，只要肯

---

① 玛丽·齐格勒（1881—1966），捷克著名歌舞剧演员和电影演员。
② 玛丽亚·特蕾西亚（1717—1780），哈布斯堡家族的奥地利女大公，匈牙利和捷克女王，她是唯一一位登上捷克王位的女性。

花钱，美女就能到您怀里，这是世界通行的法则。虽然我跟皇帝和总统们发过誓，我始终是个赢家，我生来有一双灵巧的手，能胜任医生去做手术。鞋匠的手必须柔软，这里的人都尊称我为行家里手，拔佳①先生亲自送来聘书，让我去他那里干，让他的公司风生水起。男爵夫人布日佐娃经常去我们那儿买牛奶，她打量我一番，然后低垂眼睑说：您该不是贵族出身吧？男爵夫人是一位优雅淑女，她妩媚的脸庞如巧克力包装纸上的小猫咪，她的女儿嫁给了英俊的尤斯塔法官，尤斯塔时常对混蛋和酒鬼们课以严厉的惩罚。

东尼克·奥普雷塔尔曾掴过法官一记耳光，就因为在学术辩论中他刺破了日哈先生的喉咙，被法官先生判了十三个月监禁。

所以基督——全人类的医师，穷苦人的救赎，那时他就知道，人们轻易就会做出蠢事，随后又痛哭流涕，所以基督有力量为所有人背负起十字架赎罪，鲜血淋漓行走两公里去受难。现今牧师们都视之为奇迹，他们最愿意给孩子们讲解神圣的三位一体，父即子、子即父，圣灵白鸽为他们传递书信。嗯，这些事有点零乱，让你们迷惑不解，甚至大脑生疼，好像牧师们还没有听够人们在忏悔时吐露的那些糗事，私生子、义父之类，这些龌龊行为让人不齿，因为基督教诲我们去爱身边的人，但要有原则，而不能像一些不开窍的傻瓜那样，把它跟沙发床上的性爱混为一谈，那些白痴的脑神经出了问题。

我可以夸口说，我时刻把哈夫利切克的精神铭记在心，在制鞋行业我曾是人类双足的工程师，我用白丝线缝制优雅的皮鞋，掌钉不能戳到后脚跟，我使用大象蹄子熬制的埃尔别特和德拉班特品牌的胶

---

① 托马斯·拔佳（1876—1932），捷克企业家，鞋王，世界鞋业帝国的创始人，兹林市市长。

水。然而白痴和酒鬼们被世俗民意所左右,但愿他们像先师马萨里克①那样,在七十岁高龄依然能在马背上行倒立,或者像西藏喇嘛们那样修建一座发电站,在寺庙里为活佛提供照明,那个转世灵童,或者那个发明了配备原子弹的潜艇的爱因斯坦教授,或者俄国佬,他们在环球飞行中测试喷气发动机的推进力,飞行速度如此之快,以致刚起飞就必须制动引擎,由此一位机械师感叹说:新时代已指日可待,在类似的世界环游过程中将在尾翼上看到喷流,或者人们刚进入航天飞机的机舱,一眨眼又该下飞机了。旅行将变得太过迅捷,反倒不如宅在家里,关键始终不变的是,不要让人住在猪圈里,而后去给美女们献花。我们的牧师撒尿不畅,卡拉菲亚特医生告诫他说:我劝你多少次了,吃清淡些,少碰酒肉。另一个女人在分娩之后吃下一个热狗,医生教导她说:你苹果吃腻了,是吧!转头呵斥她丈夫,女人在产褥期对热狗看都不许看一眼,话毕把灌肠剂扔给她丈夫。

我因为绦虫找卡拉菲亚特医生治疗过几次,他马上递来忌口的方子,嘱咐我用牛奶坐浴。换别人的话也许早把我轰出门去了,然而卡拉菲亚特医生对我说:我一眼就看出你躁动不安,是个不会恪守神圣婚姻的人。不巧的是,那天正好赶上庙会,广场上一个老妪在啃一根香肠,医生的狗冲出去,一口叼走了香肠,顺带扯下了老妇一片嘴唇,这下好了,医生必须赔偿老妇一根香肠,还得把她的嘴唇缝上,因为老妇是哭着进来的,那个年代人们对待女性都彬彬有礼。一位教授曾告诉我说:我们不欣赏奥地利,我们鄙视妓院,而我们国家的男人们常常因精力过剩而躁动不安,格鲁莱谢克就用绳子和链条抽打他媳妇,那链条可是用在大车上捆扎木材用的。那个替我们中介房屋的

---

① 托马斯·伽里格·马萨里克(1850—1937),捷克斯洛伐克共和国的缔造者,首任总统(1918—1935在任)。

基尔律师，紧挨着法院盖起一栋别墅，有喷泉、棕榈树和大理石柱，上面雕刻有裸体的夏娃，夏娃的脚下是整个世界，别墅周围环绕玫瑰花园。后来律师却饮弹自尽了，因为他夫人宁愿跟一个穷学生偷情，就像轻歌剧里的名媛贵妇，人人都有一出浪漫故事。她们曾给我如此这般的建议，为此我得了溃疡。当然我依旧会为你们做鞋，我把放大镜套在眼睛上，KB 款式的休闲皮鞋，白色衬里，白色鞋底，四块皮面拼贴，呈现德比·帕雷瑟鞋的特点；一双鞋用白色皮块，漆皮鞋跟，高度两厘米，镀镍鞋孔，仿象牙挂钩，黄铜标牌和黄铜螺钉，这样的鞋底经穿耐磨。

然后我给你们每个人再定制一双秋季的皮鞋和一双冬靴，内衬根据喜好选用红色或黄色羊绒，然后再做一双登山鞋和一双在草坡散步时穿的便鞋，红色皮块，白色鞋垫，或者宽边的马皮，打上绿色的蜡。我坐车前往维也纳萨拉曼（火蜥蜴）公司——那座五层大楼是鞋业世界的中心，我去那里采购迈岑牌鞋蜡和细腻似美女脸面的腻子。鞋业中心萨拉曼公司的徽标里有个火蜥蜴，而奔驰公司的标志里有只猴子，玻璃上展出由人类神奇的双手制作的皮鞋，每个楼层折射出不同的光彩。

隆冬时节，泽利克夫斯基伯爵骑一匹公马，似一架战斗机呼啸而至，来到练兵场，胡须上裹满白霜，马鬃毛也银白一片，伯爵以其暴戾著称。一位老妇在跟我打听她的儿子在哪里服役，她给儿子带来了烤面包！骑在马上的泽利克夫斯基伯爵突然出现，大声嚷道：别理老太婆，怂蛋儿子！说着一马鞭抽过来，在零下二十度的霜冻严寒里从老妇身旁策马疾驰而去。我像卫士那般笔挺站立，那年我二十一岁，浑身的能量足以让布拉格的灯火照耀一个星期。即使在今天，当我看到幸福婚姻的保障——那窈窕丰满的女性体态时，内心里依然蠢蠢欲动。那个时候我烫了猎鹰似的发型，跟别人借了一件索科尔雄鹰体育协会的制服,草甸子上到处是雄鹰,树上旌旗招展,我感觉自己像总统似的,眼前是白马方阵,其后是枣红马群,两个美女为了我撕扯起来,撕烂了对方的衬衣。但我是个饱读巴蒂斯塔先生《论性健康教育》著作的人,深知:一个人如果无所敬畏,容易犯下罪孽,有的女人看重爱情,有的偏爱钱财,有的两者兼重,有的人放荡不羁,有的迷恋艺术家,但是婚姻,就应该像胡斯先生①所倡导的:姑娘,不要轻许于他,在你不了解那个小伙之前,慎重做出自己的承诺。所以印度人在教堂里养牛,人们崇拜牛,那个女巫西比尔,她曾预言主耶稣将受难,在过约旦河上的独木桥时她犹豫再三,一再地朝雪松木鞠躬行礼,女伴们问她为何不往前走?她回答说,有一天这独木桥将成为十字架,她宁愿选择赤脚蹚水过河,把裙摆用双手攥起,因为在那座桥上十字架已经框定。女巫知道基督将会出现,将前来教导世人大家皆为兄弟。她就是这样一位先知。

同样,我们的圣人瓦茨拉夫,他喜好种植葡萄,爱身穿白衫骑白马,像慈善机构那样给穷人们撒钱。中国人呢,他们崇拜力与爱之神,所以他们的神鼻戴金环,嘴巴似鲨鱼嘴般张开,那么一个镀金的威严之物,让人后背发凉。而黑人呢,他们更像诗人,宁愿相信在哪里可以吃喝,他们尖叫,跳跃。他们的国王赤条条坐在宝座上,手握叉子;王后身披轻纱,为了在看电影院时苍蝇在她身上站不住脚。部落里一旦有人去世了,身体的一半被埋葬,另一半大家分食,所以旅行家赫鲁伯②先生骑在自行车上知趣地猛踩一脚,对土著们敬而远之。火地岛、布达古特、阿拉贝拉和马塔贝莱的族人们追赶上来,虽

---

① 扬·胡斯(1369—1415),捷克宗教思想家、哲学家、改革家,曾任布拉格查理大学校长。
② 埃米尔·赫鲁伯(1847—1902),捷克医生,探险家,制图员和非洲民族志学者,曾两次赴南非进行长期科学考察。

然那些土著的肺活量超强，毕竟跑不过自行车，只得在旅行家先生身后高声诅咒：蛇人！蛇人！

自行车赛手们一路疾驰到华沙，二十二岁的克鲁拉赢得了比赛，他恰好和我同岁。当我来到普罗斯捷约夫城，站在宫廷的供货商——魏因里希公司大门前，公司大门上方雕有一只鹰。那个小个子犹太男子，金框夹鼻镜，打扮精致，身上散发淡淡的香水味，他一手持书，一边抽着古巴雪茄，给您感觉仿佛置身于一所大学。福格尔和威茨博格，他的两个助手，同样透着学究气味，身上香喷喷的。我站在他们面前，如同面对几个评委，一双皮鞋拿在手里，作为样品。魏因里希问：这皮鞋是您自己制作的？那您一星期能为我制作几双鞋？我回答：二十双。他听罢合掌对我表示祝贺，立刻给我预备好昂贵的皮子，说：抓紧时间，别耽误了火车。这下我像蒙哥马利，那个谦虚的托布鲁克战役的胜者那样辞别。在宫廷供应商的公司谋事那是何等的荣耀，就如同今天跟胸佩劳动勋章的人在一起共事同样道理。

宫廷供应商有一枚金质奖牌，奖牌上是一只振翅的雄鹰。卡夫卡和德沃夏克专为皇帝缝制服装和皮鞋，也为大公们量身定制。费米塔尔和波贝尔卡两位是制作腊肠熏肉的好手，他们还供应存放在云杉和天门冬之间的火腿。我的一个哥们是剪裁燕尾服的行家，我邀请他哥哥来我们公司，在屋外的大自然里摆上酒水，他对李子酒太过贪杯，最后喝得烂醉，不省人事，我们不得不用奶渣给他冷敷，怕他死掉。后来他留在宫廷供应商卡夫卡那里做事，穿绿制服裤，佩金徽章。冯·乌赫尔将军在他们那里定做了一件浅蓝色大氅，很合体，但金领子不合适，所以将军夫人，一位气势威猛不亚于玛丽亚·特蕾西亚的女将军找上门来，只怪老卡夫卡沉不住气，紧张得像个作曲家，他一把揪住女将军，把她拉扯到前厅，吼道：既然上千名我的主顾都合适，这件大氅也必定适合您的多情夫君。您瞧这事儿。

这下您明白了,为什么我经常出门上墓地去转悠,那些小年轻上班耍滑头,溜到墓碑下打瞌睡。我一个七十岁的耄耋老人在这里跟你们调侃,如同皇帝跟茜拉朵娃①调情似的,我还想自作多情给您缝制一双红漆皮鞋呢,我曾给卡拉菲亚特医生的妹妹做过一双,那也是个美人,遗憾的是她有一只玻璃珠子做成的假眼,这比较麻烦,因为您不知道那只眼睛会出什么意外。普罗斯捷约夫城的一位制帽商私下跟我透露,说曾经跟她一起去看电影,不料想她一个喷嚏把那只假玻璃眼喷飞了出去,场间休息时趴在座椅底下好一通摸索,找到之后,拿起来擦拭一下,扒开眼皮,嗖地一下塞进去,再一眨巴眼睛,安好了。

做鞋和烤面包同样都是学手艺,我弟弟阿道夫在焙烤房学烤面包,那是轻提铲子把面点轻柔送入烤箱的艺术,就好像您在打台球。往烤盘里码放面点时是不允许舔手指头的,一旦被检查员瞧见,会毫不留情捆一巴掌。面包师出去撒尿回来,也必须洗手。然而做鞋就不一样了,譬如您可以尽管挖鼻孔。制作肉类食品也必须讲究卫生,我们军队的屠夫叫米洛斯拉夫·高措瑞克,他一只手指头受了伤,包扎了绷带,然而在挤香肠肉时绷带被挤进了香肠。他心怀侥幸,希望那根掺了绷带的香肠被某个士兵吃到,那士兵也许压根儿不会在意。不尽人意的是,小姐!那根香肠落到了军医手里。军医在食用第三根香肠时,把香肠切成几段,绷带一下子露了陷!军医忍不住呕吐起来,米洛斯拉夫·高措瑞克立刻被发配到了前线。然而那个屠夫实在很幸运,不但没有战死沙场,还立下军功,带回了几枚英雄奖章。

有一次我也用独轮车把捆绑好的山羊送往屠宰场,两只小羊在我手边挣扎,其中一只山羊舔起我的手,于是我在田野里停下车,坐到

---

① 指奥地利皇帝弗兰茨·约瑟夫和他的妻子茜茜公主。

手推车上。小山羊们不停地舔我的双手,我忍不住落下泪来,毕竟我和屠夫不是同一类人,我是欧洲文艺复兴的崇拜者。于是我决定歇手不做皮鞋了,省得没完没了窝着胃,每时每刻留神别被锥子扎伤手。我学成了麦芽师手艺,出徒后辗转匈牙利。哦,在索普隆,那里有一家华丽的啤酒厂,红色的建筑,镶嵌白、绿相间的窗户,跟在蒂罗尔似的。墙面都贴了瓷砖,每扇窗户边都架有铁梯,万一出现火灾,消防员可以便捷地上下活动,好似德累斯顿的猴子。布达佩斯城的景致美极了,一条街整个都是白色的,镶嵌红色窗户,另一条街全是绿色的,配黄色窗户,还有蓝色、金色和色彩斑斓的街道。战争期间那里供应的黑面包也像白馒头。霍尔蒂①,那个海军上将,下令镇压了玛窦谢克指挥的海军陆战队,他们绑住那些可怜士兵的眼睛,一一射杀,因为他们参与了那场暴动。

至于说到啤酒,小姐,大麦一定不能受潮,不能让它长芽。必须清洗干净,首先浸泡在清水槽里,然后晾到晒谷场上发芽,用木铲不停翻动,然后在窑内烘烤,使用温火,随后麦芽掉落到滚筒和刷子上,额外落下大麦芽花,那些花成为美味的奶牛饲料。麦芽分为酿制慕尼黑黑啤的麦芽和酿制比尔森黄啤的麦芽。然后麦芽在加热罐里煮几个小时,粉碎的麦芽分解为糊状物,这样糖分增多,再往里添加啤酒花,让啤酒产生苦味,然后排流到水道里,从那里进入发酵室的大木桶,再往桶里掺入啤酒酵母。普通啤酒的发酵期为一个月,窖藏啤酒为三个月,我的记忆力很不错,对吧?世界上好记性的人可不多。窖藏啤酒环形注入,在注入百公升木桶或者双升容器之前,麦汁母液和酵母被灌入金属罐,也往每个木桶里注入一些,随后啤酒产生火花,也称为啤酒沫。慕尼黑啤酒可以窖藏半年时间,等第一次开桶

---

① 霍尔蒂·米克洛什(1868—1957),匈牙利独裁者,海军上将。

时，总统先生也会亲自莅临，亲口品尝新鲜的啤酒。

有个名叫霍拉科娃的女裁缝，我先给她讲解了性健康教育，之后又谈起艺术，我告诉她艺术最重要的就是填补缝隙，这是在做有别于以往的事，于是女裁缝马上提议我一起去小树林里填补缝隙。但我对她说：这种事情任何人都做得到，然而做前所未有的事，才叫艺术，女人们随时都处在兴奋状态。在一家餐馆娱乐时老板抱怨说，他的客人们常涂抹掉账单上的竖道①，正好一位美女和我一起在场，她发话：先生们，我有一个竖道，谁也休想立刻把它涂掉。贮藏啤酒不幸地要存放半年，巴尔杜比采的甜口酒有十八度，就如同今天努斯莱区的参议员，布尔诺龙有十四度，就像布兰尼克特啤②或百威晶啤。哦，小姐，那令人心醉的啤酒泡沫呀，比尔森啤酒，带苦味，枢机主教黑啤和弗雷克酒馆和托马斯酒馆的啤酒，甜丝丝的，那才叫不爽呢，进步的意义在于使人成其为人，而对于面包、黄油和啤酒的进步意味着有效抑制的瘟疫，它应该与技术同步，速度却该死的缓慢。在一些老啤酒厂，啤酒在铜锅里酿制，锅炉底下用树墩子烧火，火焰的热度透过铜，让啤酒生成焦糖。我的记忆了不得吧，真让人开心。甚至黑面包也可以用黑麦来烤制，黑麦在谷仓存放到十一月份，穗子上所有的谷粒都快掉下了，此时才动手脱粒，那种黑面包啊，上帝的恩赐，烘焙时几公里开外都能闻见其香味，而且越存放越好吃，所以连皇帝都宁愿选择乘坐马车，而不是汽车，宁愿喝啤酒，同样也在马桶上被刺杀了。

但那位和茜拉朵娃一起孕育了欧洲文艺复兴的皇帝，我在曼德林克当卫士时亲眼见证，当茜拉朵娃站在梯子上撕扯一枚别针时，皇帝

---

① 捷克啤酒馆的记账方式，客人每要一杯啤酒，服务生在账单上画一竖道。
② 布拉格当地产的啤酒。

上前去扶住梯子对她施予保护，他像歌德那样往她的裙子底下张望，连巴蒂斯塔最终也认同说：窈窕丰满的体态乃是幸福婚姻的保障。皇帝喜欢穿黑色大氅，那大衣看起来像全封闭的燕尾服，那种款式曾属于高贵的皇室，但皇室家庭的烦恼同样层出不穷，跟其他的家庭没有两样，小儿子，那个皇太子，必须迎娶比利时公主斯蒂芬妮，却无法割舍维切洛娃的胴体，那个丰乳大眼的美女，喏，最终以乱枪扫射了结。达莎，那个对性健康知识始终一知半解的女药剂师，当我给她叙述发生在皇室家族的悲剧之后，对我说：妈呀，假如我们俩结婚了，你还背着我出去寻花问柳的话，我也会毫不留情杀了你。她这样说，是因为世界上悲剧充斥，所以小说家总有素材可写。有一次我沿轨道而行，一个铁道工从自行车上跳下来问：易瑞，说实话，昨天那个球到底是进了还是没进？我说：没进。那个铁道工踏上脚蹬子，往前滑去，在他跨腿上车之前，又回转身来喊道：谢谢你，真理必胜，你是好样的！

他之所以这样喊，因为很多人常把我与足球裁判或某个电影演员混淆，虽然我从来没踢过足球，即便踢的话，也只是出于娱乐。莫扎特和歌德也没有踢过足球，皇帝也没有，他宁愿去巴德·伊舍①追逐羚羊，身着小男孩穿的那种吊带长裤。他爱自己的子民，爱吃猪肉，在他整个执政期间仅进行了一次货币改革，下令绞死了施洛沙列克和雨果·申克②，曾给了我母亲二十五个金盾作为基金。母亲踩圆白菜时穿着白袜子，当时我们家附近恰好在进行军事演习，由皇帝的叔叔阿尔布雷希特指挥，他的牙齿往外龇，跟皇帝一起住在一个姓科拉尔的家里，后来皇帝为这次留宿给科拉尔封了爵，为此科拉尔男爵后来

---

① 位于阿尔卑斯山的小城，弗兰茨·约瑟夫和茜茜公主的皇宫所在地。
② 雨果·申克（1849—1884），奥地利连环杀手，施洛沙列克为其同谋。

在房屋前立碑纪念。我跟随母亲去捡柴火，士兵们牵着马，一边在吃罐头食品。我们捡了两推车木柴，又去割了两推车喂奶牛的青草。奶牛长得极其丑陋，却产下十五条牛犊，整条街的街坊都去我们家买牛奶。老牛去世的时候，整条街为她哭泣，但她留下了遗腹子小牛犊，我们把它抱进屋里，用奶瓶喂它奶喝。一大早小牛犊总会跑来，躺到我和弟弟阿道夫中间，弟弟说：它给我们修脸来了。等小牛犊长成了一头奶牛，兹布尔内爸爸赞叹道，如此俊美的牲畜生平尚未见过。只是这条牛见不得火车或自行车，于是我们给它戴上了眼罩。

这个民族呢？捷克人更愿意遵循巴蒂斯塔先生的著作《关于幸福婚姻的保障》行事，男人只要一看见漂亮的女性，身上立刻就像爬满了蚂蚁，这个男人立刻会绞尽脑汁，设法把这个女人搞上床。正如诗人蓬迪所言：这是一种欲望，如何把女人从垂直方位变为水平方位。而诗人自己呢，在水平方位上他现在有了两个孩子，必须随身推着童车。我的母亲是一位圣女，独自抚养了我们，那个年代她是种甜菜的好手，天旱时她担来溪水浇地，甜菜长得像水桶那么大。

但谁能比得了哈纳①人呢？当那些骗子收完甜菜，撤出田野时，地里不会留下哪怕一棵甜菜，这种大师级的收割高手独属梅特内，他曾经当过枪骑兵，下士，蓄着以利亚式的胡须，夏天他把胡子掖进上衣门襟里，冬天则把下巴上的胡子当围巾使，他是一个能在树林里吃苦耐劳的苦力。只需做一次祈祷，马上又回到地里赶超那帮婆娘们，赶着奶牛群东奔西跑，他以身作则，给老婆们起表率作用，用鞭子鞭笞她们。这样的能人搁在今天，有二十万的话，会让总统先生喜出望外。梅特内还经营一家酒馆，然而他的妻子从不给客人们上酒，而是自己猛灌。从小接受天主教教育的他，一次次痛揍妻子，直到把她

---

① 生活在捷克摩拉维亚中部地区的一个民族。

打残。依照《旧约》，他的牛和马都是洁净的，有一提箱的钱币加银行存折。一个名叫匋布理查的老太太，为了不用费力背走挖出的土豆，用光脚丫子把土豆摁回泥土里，被老梅特内看见，一通鞭打，直至昏死过去。到了晚上他修补旧皮鞋，读书学知识。在开始播种前，他会把小麦在蓝矾中清洗，他喜欢杀猪，喜欢往汤里撒爪哇肉桂，那是来自非洲的香料，小姐，那爪哇肉桂比锡兰肉桂还要好，肉桂煮红酒真是一道美味，它还可以放到饺子的李子馅里。奥匈帝国时期人们非常愚昧，一个蠢货用锄头在田里挖地，锄掉了自己一个脚趾头，他还以为是蝇蛹。拉达尔老师殴打学生，揪住学生的脑袋往黑板上撞，因为孩子们学不会图形测绘，而兹博希尔神父双手掐住男助手们的脖颈，像晃动兔子那样使劲摇晃，因为他们不明白恩典是神之天性，是超自然的功德。

这也是为什么我们的牧师必须一口气做完祷告，就为了不让自己作恶，因为他会把圣杯变成酒杯，拿起来敲打祭坛助手们的脑袋，然后若无其事地继续布道。这是奥匈帝国的准则，特别注重服饰的外观和颜色，大主教头戴紫色方冠，身穿紫色大袍。卢卡斯将军有一个金领圈，用红绸子点缀有三颗星星。当时有一名士兵抱怨一句：去他妈的战争！他立即被撕裂成两半挂在树上示众。人们为三十金盾不惜卖子，而苏丹一掷数十万招揽美女。圣彼得大教堂神职人员被倒挂在十字架上，而教皇的继任者，今天要环绕拉特兰教堂和梵蒂冈巡视，一千间客房必须贴上旅游标记，让他不致迷失方向，他跟红衣主教并不谈对亲人之真爱，而是聊外汇和天主教基地，小姐啊，这才是通往世界的窗口，我现在跟您说的，那些进球，得分，读秒，犹如先人施特劳斯认定的原则，以美妙的音乐旋律一统世界，糅合人们的情感。

欧洲文艺复兴，特米斯托克洛斯、米提亚德、苏格拉底、歌德和莫扎特孜孜以求的文艺复兴，让我们学会了当对某个美女心生厌倦时，不再那样直白地说：小姐，请便吧，再见！而是柔和地表示：谱一首曲子或者奉上一首离别诗，再附一束玫瑰寄出去。然后，小姐，浪漫之人会做更加温柔的梦。梦见腹泻意指耽于社交，在梦里看到妻子亡故，标志你内心里秘而不宣的愿望得以实现。

在我们那里，一个砌炉灶的学徒放声哭起来，因为他跟一位小姐在台球桌上一起操练，酒吧里的小姐们在其它时候也过会来帮忙。那个小伙有点弱智，当开始兴奋时他会喊叫：妈妈，妈妈，我怎么啦！妈妈立刻拿上一百克朗跑到酒吧去找美女。随后她儿子与美女做爱时，妈妈还在一旁帮忙，让女孩喘口气，省得她那可怜儿子又叫唤起来：妈妈，妈妈，我怎么啦！

我始终像火枪手康纳利那样保持翩翩风度。我用奇巧的双手给公主、女演员和时尚美女们缝制贵族型皮鞋，木质鞋跟，钉上黄铜牌，活儿干净利落，银色漆皮和金丝雀似的黄色漆皮，为了让鞋底呈白色，我买了龟胶，可以说在奥匈帝国时期，制鞋手艺更像化学工艺，如今流水线代替了一切。

虽然我是一介鞋匠，却架着单片夹鼻镜，银质镜框架，因为每个人都想把自己装扮成作曲家或诗人的模样，而如今正相反，每个作家的照片看起来都像无赖。嗯，小姐，我曾见过一位美国作家，真不可思议，他跟以残暴著称的泽利克夫斯基伯爵简直一脉相承，还有那位画家，画鸽子的，光看照片简直是从玛丽亚采尔①来的乞丐。当今艺术家们的发型头发都那样往下梳，在奥匈帝国时期，只有农场主、救济院或收容站的囚犯才留那样的发型呢；回想在奥匈帝国时期，若要留分头，会把头发烫卷曲，让发式像时髦女郎那样纹丝不乱，这下女孩子们会觉得他可能会写诗；在奥匈帝国时期，那些就读于市民中学

---

① 位于奥地利施泰尔马克州的小镇。

的学生，不会轻易让皮肤过多暴露在阳光下，而如今连总统都在享受日光浴；在奥匈帝国时期，连工人在拍纪念照时都会把胳膊肘微微支撑在桌上，目光投向远方，像爱迪生那样，而如今人们坦然接受自己奋臂劈木材的瞬间镜头。

您知道吗，那个时候八角茴香使用很多，那是长自中国树木上的调料，这种香料放入利口酒和糕点也相当出色。哎，旧时代的人喜欢乞讨，另外特别讲究排场。匈牙利面粉的颜色呈沙土色，口袋上标有三颗红心，而北美双零面粉，袋子上标记有三根交叉的玉米棒，一位加拿大农夫手握镰刀站在一旁。欧根亲王，将帅，贝尔佛地宫的主人，哈布斯堡家族的野蛮人，身高两米二，他的随从给他送来披风时，衣服在地上拖曳一路。

老格鲁莱谢克在我们这儿一边修补麻袋，一边阅读言情小说，兹博希尔神父则在津津有味地翻阅从讲坛拿下来的信函，都是关于淫秽书刊的。老格雷普尔经常前往奥洛莫茨城运送毛料，因为买不起闹钟，就把自己的双脚浸泡在冷水里，省得睡过了头。冬天他经常进林子里运木柴，用铁链子捆绑在肩膀上，像撒旦那样。他经常揪住妻子的头往木梁上撞，让她改恶从善，于是妻子时常祷告到深夜，为了让主听到她的心声，祈盼运送木材的大车倾翻，扣压在丈夫身上。

所以诗人蓬迪常对我说：真正的诗歌必定是伤人的，就好比一片剃须刀片忘在手帕里，当您擤鼻涕时弄伤了鼻子，因此一本好书不是给读者助眠的，而是让他跳下床来，穿着内衣裤直奔作家先生那里，一吐为快。因为在奥匈帝国时期丈夫直接面对上帝负责自己妻子的灵魂，所以当冬内克·奥普列塔尔与人争论谁能进入天堂的问题时，他把刀扎入了菲尔多谢克的脑袋；他又呵斥自己的妻子说：你答应过在神龛前会表现出顺从，话毕立即几个巴掌扇过去，作为往后扇耳光的证据。我的师傅脾气很好，但嗜酒如命，只要口袋里有钱，上午一壶，下午一壶，夜里还要喝一壶烈酒。在今天，假如人们依旧像在奥匈帝国时期那样丁活到深夜，那人们会发狂或者起来闹革命。所以在晚上我师傅常骂道：他娘的，蠢货，你凭什么不让我喝？我还没有呵斥你跟龙骑兵似的用烟斗吞云吐雾呢！说罢一脚踹过来。

这也因为，在奥匈帝国时期人们有足够多的空闲去干蠢事，我爸爸曾遇见过这样一位闲人，特拉夫尼切克，跟他一样的人，他们俩一拍即合，立刻在菲德勒酒馆要了一公升劣质酒，那个年代烈酒都装在煤油灯罩似的圆柱体器皿里，我爸爸跟特拉夫尼切克就那样坐在墓地的围墙上，两人都饱读哈夫利切克的书籍和《航空》① 杂志，对世界局势的明察让他们心生悲观，班都懒得去上了，针对社会不公发表了一通反动言论。当两人喝得醉醺醺时，便扯开嗓子唱起了《我徜徉在林间小路》那首民歌，牧师从教堂里冲出来，桌布似的手帕在手里挥舞，嚷道：该死的特拉夫尼切克，你想干什么？我在布道呢，捣什么乱？要唱进树林子里唱去，不然就把你关起来。然而爸爸和特拉夫尼切克照样吼着嗓子唱，于是头戴羽毛流苏帽子的宪兵飞奔而来，以法律的名义命令他们分道扬镳，两人只得起身快快离去。爸爸为了不让人闻见口中的酒味，用零钱买了块糖，然而他的醉态一目了然，我妈妈操起一根绳子没头没脸抽打起他来，谁要去喝酒也得有点酒量呀，不然真是丑态百出。

那个洛伊扎·多瓦尔克在走过广场铺设的石子路时精神失常了，也许发狂的真正原因是他儿子跟几个女孩做试验搞出了小孩，洛伊扎·多瓦尔克拿脑袋往墙上撞，一遍遍反复念叨：约瑟夫，天哪，约瑟夫，天哪……当他的疯态愈演愈烈，便开始唱：让所有的鬼怪解脱，将所有的鬼怪驱逐。人们在围观了一阵子之后，将他送进了疯人

---

① 捷克知识画报，创办于1834年。

院。说实在的,他是个好人呐,曾跟贝希尼一起在市政厅共事,曾担任雄鹰体育协会的负责人,是那条石子路让他失控,或许他的女儿也是诱因之一,那个女孩为一个男人奉献了最极端的爱的证明,引发的后果是女儿扣动了扳机,那把挂在他们家墙上的左轮手枪。

所以您看到了,小姐,人们始终都是一样的迷惘,容易发生悲剧。始终是那样,当人在说实话时,感觉他似乎在撒谎,认识真相总是滞后一步。有一个美女,性欲很强,她翻阅遍了《矿主》杂志,嫁给了一位有钱人,然而锁匠的儿子依然找她去幽会,有一次她丈夫碰巧返回家来,把两人堵在浴缸里,锁匠的儿子被砍伤,导致耳朵失聪。所以巴蒂斯塔在他《论性健康教育》著作里告诫男人不要恣意纵欲,下午顶多三次,天主教徒下午四次,为了不滋生罪孽的念头,从而避免不当行为发生,这是天生的,连苏丹们也有此癖好,最后崩溃。有时连教皇,甚至国王也难以幸免,然后为时已晚,江山因女色而遭颠覆,因为教训总是姗姗来迟,妈妈常这样教育我。

妈妈告诫我说:知道吗,对女人必须有感觉,必要时可以撒谎,什么婚礼,玩笑,排场,都总能实现,但如何维持一辈子呢?一位屠夫对我坦陈:婚姻就好比您用一生的时间背负一张牛皮走过薄薄的冰面。有这样的例子,妻子对丈夫说:老头子,狠狠拍你一锄头会很解气哟,而丈夫回击:老婆子,你这个婆娘,整天酗酒,我该用钩子撕裂你的嘴。所以小姐,理想是飘摇的,歌德都无法实现,更遑论莫扎特。这虽然很美,当两个人相识,已准备牵手,然后呢,还能抓住什么,它主要让穿衣的民族莫名激动,那些赤身露体的土著不修边幅,他们那里鲜有掏人衣兜的扒手,对此牧师便能信口开河,胡说八道。

国王查理四世先后娶了四位美女,如果他没有死于肺炎,定然会娶第五个的,这一类人属于玩味女人的专家。然而必须区分什么是真激情,什么仅是癖好,就如同巴蒂斯塔先生的论著里所描述的那样:一个女人生了二十二个孩子,第二个女人同样,即便啤酒厂的烟囱塌下来砸在她身上也没有关系,那样的男人必须拥有相称的阴茎呐。小姐呀,在梦的解析里也这么写:梦见巨大的阴茎意味着尊严。就像我们那里的那个修帕尔,两个人喝了酒,在楼梯上互相揪头发,但一走到大街上,马上装出名士模样,一回到家里总对妻子发号施令:对着我哈口气,你满嘴酒气!妻子跪下来乞求:我只是吃了朗姆酒心巧克力,而他一巴掌已经扇过去了。

如今人们的日子顺心多了,然而在这方面依然令人堪忧,不是今天某个男人,就是明天某个女人上吊自缢。卡乌拉住在火车站后边,他白天做鞋,夜里行窃,他妻子是个德国人,从来洁身自好,所以蒙羞悬梁自尽了。或者那个希吉尔!他妻子挨家挨户兜售衬衫,却顺手牵羊,被宪兵押送回来,希吉尔别无选择,也只有上吊寻死。英俊的科雷茨先生是医疗保险公司职员,一个儿子在奥洛莫茨大学读书,卡拉菲亚特医生前来履行检查时,问道:科雷茨先生,投保人纷纷抱怨收不到医疗保险费,您觉得这事儿正常吗?科雷茨只得道出实情,说自己把那些钱寄给儿子当学费使了,医生说他可不管这些,即便情有可原。科雷茨只得拿起一把大镰刀,像献祭的羔羊,先喝下一升朗姆酒,然后走到谷仓后边割了喉咙。如今反而颠倒过来,孩子们可以免费上学,父亲们犯不着再割喉,甚至现在子女比父母还要有钱。

您知道,在奥匈帝国时期,牛肉汤里是少不得一味藏红花的,那种产自小亚细亚的香料。我的表弟,那又是一则逸闻!他是双胞胎中的一个,洗礼时被赐教名温采克,另一个孪生兄弟取名路德维克。双胞胎长到一岁的时候,他们的母亲在大洗衣盆里给兄弟俩洗澡,然后有什么事跑去邻居家了,等她半小时之后返回时,双胞胎中的一个已经溺亡。两兄弟长得太过相似,所以无法搞清楚淹死的是哪一个,是路德维克还是温采克？于是只好以扔硬币做决定，鹰面代表路德维克，主面则是温采克，这下认定淹死的是路德维克。当然，我的表弟温采克成年之后，开始琢磨这件事情，他没有工作，因此有足够的时间去研究到底淹死的是谁？如果世上没有了路德维克，那么他温采克就没有被淹死吗？他开始酗酒，然后一次次在水边逡巡，经常跳入河中游泳，也去泉水里沐浴，最终溺水身亡，也许他在做试验，为了确认自己当初是否在洗衣盆里就已经淹死了。这也表明，在奥匈帝国时期，人们需要为寻找工作而奔忙，而今天却是工作寻上门来，所以人们没有时间胡折腾。

诗人蓬迪证实了我的话，当他用童车推着两个孩童来啤酒馆时，他说苏格拉底早就断言：色情业乃是无业者的另一种职业，我们从咖啡馆的冬内切克那里领到了香肠，他让我们为他敲石子，于是我们敲啊敲，突然天上乌云大作，死一般的漆黑，电闪雷鸣，我们只得躺到壕沟里，蓦地天空再次放晴。晚上我们回到家里，妈妈问：孩子们，没出什么事吧？卡拉塞克就是在你们敲石子的那片树林里自缢的，因为他的妻子红杏出墙。

小姐啊，我是个谨慎处事之人。在我做鞋的那户人家，有个女儿叫玛琳娜，腆个啤酒肚，饱满的胸脯毫不逊色于特蕾西亚，臀部似猪圈，或者像喷泉。那家人说：今天你就在我们家过夜吧，说完紧挨炉灶为我打上了地铺。一大早玛琳娜就过来了，摸我的脸，乳房紧贴在我胸口上，我不禁激情荡漾，当时我已经敏感如萨克森选帝侯，我的脑袋在炉灶上磕碰出了血，我将伤口在木桶里涮洗一下了事。全家人跳下床来，欢呼雀跃，说这就为我们筹备婚礼。但我没有应允，我模仿歌德的语气回复：面对乳房我难以自持，然而诗歌更让我倾心。他们都惊呆了。后来玛琳娜买了领带和镍戒指送给我，但我已经读过巴蒂斯塔先生《关于幸福婚姻的保障》的论述，所以我佯装醉心于音乐。后来一个叫耶鲁特卡的男人娶了她，两人生活窘迫，一起生养了六个孩子，那个耶鲁特卡成天喝得酩酊大醉，迎面朝玛琳娜打喷嚏，本来她还怀着希望，然而一半的孩子患有疯癫，那剩下的另一半呢，她再无法往深处想，只好选择了上吊。

那么相信解梦人安娜·诺瓦克娃的话吧，养育新生儿，快乐无穷！除非市长有能力生育一堆孩子，然而娃娃们哭闹起来，那可不是什么快乐。在奥匈帝国时期，人们讲究排场，但从另一方面来看呢，当您去出门遛弯时，您时刻得留神不被乞丐们伸出的假肢绊倒，所以我无暇欣赏姑娘们高耸的胸脯，只能望洋兴叹。有一次我独自出去散步，一位犹太美女，鼻子像列车车厢之间的挂钩，她坐在田埂上，翘首期盼星期六第一颗星辰的出现。她没有穿裤子，我用一只眼睛睥睨那一处歌德在写诗前喜欢打量的地方，我主动跟她打招呼，我们两人的关系亲近起来。她跟我炫耀自己骑自行车可以不扶车把，在当时那是一场革命。

而我给她讲了一个宪兵的故事，那人在某个社区掏出公民卫生条例，随后按条例实施，亲自去给十五岁以下的吉普赛小女孩洗澡，每一次老吉普赛人必须预备好热水，然后走开。宪兵脱下外套，挽起袖子，后来他的上司透过钥匙孔窥视到了手下在履行卫生条例的真实情景，就把那位宪兵送上了法庭，然后上司自己上阵，去给吉普赛女孩洗澡，这让吉普赛老妇们心生疑窦，为什么宪兵不给她们洗呢？那个坐在田埂上等待星期六第一颗星辰的犹太女孩，涨红了脸，悄声对我说，她也是双重的不洁净的女人。那次我在田埂上成为了赢家。

还有一次，我跟一个诈骗犯的女儿恋爱了，很少有人跟她交往，我们在一起玩空竹，当她俯下身子时，我一眼瞄到了她衬衫里边。对，她叫海伦娜，诈骗犯的后代，但她同样长着美丽坚挺的乳房。时光过去了那么久，每当想起当时的场景，我依然会结巴，拼写连连出错。于是我暗藏幻想，希望像主基督一样，与美女同行，但不产生肌肤之亲，成为自由之人，不要像卡拉菲亚特医生，成天提心吊胆，即使在梦中都害怕遇见身穿睡袍的老妇。对此作家也难以招架，他们对什么都司空见惯。那个诈骗犯女儿的父亲引诱我入行，但我知道他有两个儿子，都是戴眼镜的帅哥，其中一个盗用了账房里的现金，最后以当时时尚的方式，用勃朗宁手枪了结了自己，因为只有统治家族的成员才有资格用勃朗宁手枪自尽呢。另一个儿子也是因为女人，那个名叫尼娜的高大女人，一身丝绒装，爱喝甜利口酒。她从井里往上提水时，一阵晕眩栽入井里，一周之后才被发现。按照当时的习惯性思维，大家一度猜测她跟某个男学生私奔了。她的躯体已经肿胀，不堪入目。

哦，天哪，那时的生活同样美得令人发狂，我不愿意走入他们家庭，因为他们的叔叔是个宗教狂徒，大山里的梦游者，他跪吻大地，还把房屋周边的栅栏逐一拔除。因为据他所言，既然在天堂里不设围栏，那么在世俗凡尘同样不该有栅栏，在那个年代他已然成为消除人与人之间隔阂的先师，他一直跪在广场上呼吁，爱能消除人与人之间的栅栏。可是众人理解歪了，立刻回家跟妻子一起躺到了沙发床上。最终，那位叔叔在公墓中自己母亲的十字架上寻了短见。这招来牧师的一通怒骂，因为又得劳他驾给墓地进行圣洁的袚除仪式。

我一直纳闷，在安娜·诺瓦克娃梦的解析中为何会出现那句话：梦见悬挂在教堂里，不久你将成为教堂主管。而自杀者必须在夜里下葬，并悄悄地进行，并且要寻偏僻之地。那位公证员军医，他珠光宝气的妻子，是一路人。就像您，小姐，每次来我们这里买牛奶，她总对我说：您不去我们那里待一会儿吗？您的容貌跟年轻时的施特劳斯真是相像哪。她母亲出身于普修米斯洛维策后面的赫洛希夫庄园，以前属于波赫纳的财产，她父亲也是公证员，乘坐四驾白马拉的马车，六条斑点狗耷拉着舌头在马车包厢后面紧追，那儿子身穿浅蓝色大衣，天空那样的颜色，黑裤子嵌红色条纹，哪一支军队能拥有如此赏心悦目的美丽的仪表呀。

如今士兵们行走似教父，可在从前，每个士兵都束腰，跟姑娘似的。当他去度假时，姑娘们芳心激荡，不能自已，因为士兵们身穿紧身胸衣，军医是前胸双排扣的，金领子是纯黄金的，领子内侧垫一圈丝绸。主治医官常穿波浪型条纹服，整个衣领用黄金制作，华丽之极。唯有大自然，当它想炫耀想诱惑时，会衍生出翠鸟或者鹦鹉之类去挑战对手。但在奥匈帝国时期，除了盛装和乞丐，还有让士兵们绝望的纪律，遭受刑罚、毒打、禁闭和反手吊，嗯，还有集中营，但公证员军医豪情满怀，走进了军营，就像和美女上一趟街，可他遇上了麻烦。一个士兵谋害了另一个士兵，偷走了他的钱，那是入伍时母亲塞给儿子的，凶手往受害人嘴里灌入了烈酒，军医还往那个可怜人身上踹了几脚，以为那位士兵值勤时酗酒了，然而一位火枪手目睹了全过程，报告了上级，军医被关押起来，在监狱里他用一条毛巾上吊自杀了。家里为他举行葬礼时，他母亲嚎啕大哭，其哀怨足以让一座教堂坍塌，但母亲花钱打点了，让自杀者身份的儿子同样埋葬在了公墓里，虽然他原本应在夜间下葬，悄悄埋葬在僻静冷落的角落。您瞧，小姐，在前线打仗阵亡的话被随地埋葬在莫名的地方，就如同您丢失了一块手帕。安娜·诺瓦克娃在解梦书里写道：手持滴答作响的钟，即婚礼……在梦中出现在精神病院，莫大的幸福指日可待！

我们车站的站长有什么故事呢？他在站里养了一群火鸡，整天揪着心，在特快列车过站时担心调度员忘记扳道岔，所以常亲临现场检查。然而特快还是驶进了他的火鸡群，很酷的场面，因为快车绝尘而去时，车尾扬起的一般仅是纸片和树叶，现在可好，火鸡羽毛、各种内脏杂碎飞舞而起，火车驶到了下一站，还有三条火鸡腿砸到列车调度员的脸上,到下一站还有飘舞的羽毛,像扯散了羽绒枕头,不依不饶扑了站长一头一脸。这种特快列车,风驰电掣,从车站飞逝而过时,一阵风曾刮跑了利比策车站站长的任命书,害得站长没名没分,无法穿上那身新制服,直到两个星期之后,远在五站之外的地方才找回了那张站长的晋升公告。一名妇女着急赶回家,手提宰肉节的美味,紧贴轨道匆匆而行,不幸被列车刮倒,肉汤洒了一路,汤里的粟粒甚至飞溅到邻站的调度员身上。

在铁道沿线还有一些人,那些看守道口收放栏杆的值班员,值班小屋就建在田野里,漆黑的夜晚没有人看得见他们的身影,但他们依然擦亮皮鞋,把身上的制服掸净,站在放下的栏杆边,敬礼。一掠而过的列车驱赶着黑夜,飞扬起尘土,吐出浓浓的烟雾,没有人能看到那些铁道工人,但他们挺直身体,面对夜行的快车挥手致意。这些人是奥匈帝国的遗留,因此那个警备督查卢卡斯,既不殴打手下,也不处罚别人。

哪像那个泽利克夫斯基,冷血恶魔一个,鞭笞士兵,下令把成批的士兵捆绑在树上,反省自己该怎样展现士气,当他策马前来,军队立刻拉开阵线,部署进攻和实战队列,随后摆开双重的加强方阵,呈正方形双排队列,再突然四散开,如同往麻雀群射了一枪,再重新聚合,好朋友挨着好朋友。将军举起军刀,刀尖冲天,那么士兵们必须明白这意味什么,因为将军不会对他面前扎成十六堆的士兵们大声吼叫,就如同乐团指挥不会冲音乐家们呐喊。傻瓜,你没看到那个王冠吗?但他手握鞭子,那不是用来轻挠耳朵,而是用以指挥,给手下士兵示意的,这样的将帅当然操心,仗必须打赢,不让更多的士兵倒下。我被任命为下士,其实我并不想当,因为那样的话,我会没完没了被派去站岗,当警卫,去军事学校。

一切都绘在树林边的黑板上。中尉们们喊话了:全体士兵,集合！如果这时有人想要去撒尿，他必须报告，然后您就开拔上前线啦，沿公路出现越来越多明确无误的迹象：弹药，手榴弹，伤员，一名士兵因为喝了不干净的水得了腹泻。小姐，您瞧我的记性，往事历历在目，呵呵？那个士兵蹲在壕沟里，皮带搭在脖颈上，泽利克夫斯基将军跳下马来，喝斥道：他娘的什么鸟军队，婊子养的废物！说着拔出指挥刀划过士兵的后背。我面前立刻浮现出前线的场景，那种慌乱，因茫然和虚弱不堪而误刺伤对方，但队伍依然在疯狂前进，为了不让敌人藏身壕沟，军官们忐忑不安，骑兵团浴血奋战，身下的坐骑也骁勇无比。一切都在燃烧，树枝在空中飞舞，救生员用小马驹把伤员拉到树林子里。

然而小姐们是不许上前线的，她们藏身在普谢米修和克拉科夫的春宫里，门上设有小窗口，我透过窗子往里张望，一位小姐打开小窗质问：你要干什么，大兵？她身后几个小姐提出给黑面包就成交。霍沃尔卡中尉给大家出主意说，我们不如去勾引私宅里的姑娘，给她们买甜点，爱就来了。于是我去找老师的女儿，她对我说只需给她一个圆面包或者羊角面包就成。我说：我一无所有，除了这个小长官的身份。她吻了吻我的手，为此我给她讲述了自己如何在斯普利特守卫一节老车厢，上面载满工业炸药，后来用这些炸药炸毁了几座桥梁，那炸药看起来像捕蝇纸或药房里的药面。然后我给她读梦的解析：在梦中跟姑娘调情意味不严肃的投机取巧；夜里跟妓女开玩笑——不要被甜言蜜语蛊惑⋯⋯

最后我对老师的女儿说：你真像个可爱的洋娃娃，她回敬称我为男娃娃，并祝愿我早日解甲归田。所以我始终是个骑士，那些欧洲最前卫的名媛跟我通信。在齐根哈尔斯[①]我倾心于一位工厂主的女儿，

[①] 波兰南部的城市。

她身着黄上衣,蓝色长裙,我划一叶小舟带她徜徉在林中池塘,给她唱《我的心犹如蜂房》。突然小船开始下沉,我救起了她,因为池塘里的水很浅。她名叫安娜·赫林格,给我寄来了粉红色的情书,这下弄得满城风雨,人人知晓我跟谁在鸿雁传书,有一次她给我寄来一款名叫五月魔力的香水,闻起来有一股百合花的芳香。

  为了退役,我故意抽那种在藏红花里浸泡过的方头雪茄,但必须倍加小心,不熏黄了手指,所以我把手指头啃出血来,这跟哄骗漂亮姑娘是一样的套路,用甜言蜜语将对方灌晕。即使那位已故的市长,他去酒吧履行检查那些美女是否长有一双亭亭玉立的美丽长腿,市长也不由得点头认同。没错,只要有钱,即使一头牛也能办到。然而像您这样的,免费,真是一个妙招!我再一次赢了,因为我使用了跟军官们一样的技巧,霍沃尔卡中尉说:弟兄们,你们对姑娘们必须温柔一点,就像削铅笔似的,对女人更适用温柔,而不是动辄拔出刺刀来。所以我从来不多言,而是用心观察,美女们有哪些恶习倾向,等她自己道出来,譬如说她好抽烟和喝葡萄酒,那我则回答:我反倒不喜欢!她问:那您喜欢什么呀?我答:我么,小姐,我就喜欢猎艳。她厉色说:那您是个臭流氓,说着脱下皮鞋砸过来。但有一次我很荣幸,我能去军营骑伊敦马,那匹将军骑的母马,俊美,通体褐色,前额上有一颗白色的星,就像那个"星辰"电影院,那颗星仿佛一块被子弹射穿的手帕。我们一路飞奔,那匹伊敦马,我骑着它,我们从一位老妪身边飞驰而过,老妪一个跟头翻倒在地,我心里不免害怕起来,生怕伊敦马的马蹄有什么闪失,万一出问题的话将军必把我送上军事法庭。

  所以我们飞奔过奥洛莫茨城,伊敦马一跃穿过大门,我俯下头,紧紧搂住马的脖子,算我幸运,因为我们直接冲进了马厩,然后我去食堂找树莓汁解渴。当时一个甜美的小姑娘在,名叫西尔卡,她马上和我跳起舞来。老板娘妒忌了,立刻甩话说:西尔卡,进厨房干活去!说罢她自己对我献起媚来。西尔卡在厨房清洗刀具,在老板娘背后比比划划,意思是恨不得捅她一刀。老板娘对我说:大兵,看来你是个激情似火的人。我告诉她:如果她在梦里梦见抓野鸡,那么不久就有爱潜入她的心田,老板娘马上往我兜里塞进一百块钱,让我接着讲,厨房里的西尔卡扬了扬洗净的菜刀,示意要往女上司的脖颈上抹,而我正对老板娘说:最好的梦是看到暖气烧得热融融的房间,这意味两个人在做爱。老板娘开始在椅子上不安地扭动起身子,我悄声说:最甜蜜的梦是两头牛在顶犄角,那才是真正幸福的爱情。随后我补充说:为此我付出了沉重的代价,患上了那种麻烦的病,我刚去布尔扎基纳治疗了。老板娘听罢马上把身子挪开去,手伸进我口袋里掏那张票子。我说:夫人,覆水难收哦。她默认了,斟一小酒杯为我饯行并表示感谢,说她以前也得过这个病,幸好我事先善意地给了她提醒。

我随一个挤奶女工去了乌拉尼亚①,大广场上在上演一出犹太短剧,一个名叫亚哈随鲁的人正经历某种苦难。挤奶女工不停地舔我耳朵,问我是否愿意娶她?我说:可以呀,但我还在服兵役呢,另外我对女性乳房没有招架能力,我经常做一个梦,梦见一只金丝雀被关在笼子里,这个梦让安娜·诺瓦克娃来解的话,意味我将永远陷于对自由渴望的纠结之中。挤奶女工悄声对我说:哦,是吗?我跟你一起去抓住那只鸟!她的发丝间散发出牛奶和香草的味道。三天之后我去了南斯拉夫,到了大海边。哦,那里狂风暴雨肆虐,大自然的疯狂,如果男人能把那家伙关进裤裆里,他便成为作家了。海浪有我们的房屋那么高,甚至把船只抛掷到马路上,石块四扫,山岩摇摇欲坠,海上

---

① 布拉格郊外的木剧院,创建于1898年,1946年毁于一场大火。

的风暴掀翻了车厢,把从葡萄园收工回家的工人和驴卷入大海,水柱高耸,水塔那般高。

作为士兵我们又穷又饿,圣母玛利亚啊!我们吃死鱼,军队士气消沉,我们外出乞讨,军营上方有金色铭文的牌子:尤苏普王兵营,然而中尉刚刮净了煮玉米的大铁锅,他还是个中尉哪,如果让泽利克夫斯基将军瞧见的话,会狠抽他一鞭子。一个犹太帅哥拿起一条漆皮带,递给我一枚金币,让我帮他擦洗步枪,说他要进城去构建国际关系。随后布尔楚尔士官来了,身高两米的蛮汉,脾气暴戾,他问:犹太人在哪里?我答复说他进城去了。那个士官破口大骂:他妈的,简直无法无天了!该死的倒霉蛋!乌赫尔男爵早下令禁止满城晃悠。说罢他躺到了犹太人的床上。午夜后犹太人从姑娘们那里娱乐回来了,浑身湿漉漉的,布尔楚尔士官猛地跳起来,一脚踹上去,犹太人身穿制服在地上打滚,他必须马上去站岗。当我在狂风呼啸的夜里前去换岗时,发现他挺立在庭院角落的那棵树干旁边,已经用漆皮带上吊自尽了,如今大家都不知道这件事,我搬到立本区租住后聊起这件事,但司机们嘲笑我,他们家——一路车比赛着从赫尔特洛西斯山坡上往下冲……

星期六的中午,牙医返回诊所取那把忘记带走的雨伞,他刚把钥匙插进诊室门的锁眼,一一路公交车的弹簧绷断了,车子冲向诊所,把诊所整个撞飞了。牙医站在那里,愣愣地手握那把钥匙。以专横暴戾著称的将军泽利克夫斯基伯爵,目睹了这一切。随后米霍霍维奇少校开始发放军饷,他把钱码在桌子上,纸币上都压了小石块,免得被风刮跑。他当即提醒我们别把军饷一下子喝光了,事先把纽扣、凡士林和纱线买好。

田园风景旖旎,浪漫如耶路撒冷,那几条底朝天的马路必须修整了。人们以燕麦饼为主食,葡萄园里的土质坚硬似混凝土,一个达尔马提亚女人坐在小树林里，在放牧一群羊，跟油画上画的一样。她立即主动搭讪：先生，您是单身吗？我点了点头，她马上挪动身子靠近我，给我指点，在哪里的哪几间木屋里有谁去世了。但我忙着去参加新型手榴弹的投掷训练，那手榴弹的外形，小姐，像个梨，从弹心露出一截引线，教练员用仿制手榴弹教我们扯掉引线，数到十二，然后投出去。不一会儿，教练去洗手间了，一个火枪手偷偷往里塞进一个真手榴弹，等我们继续训练时，手榴弹一扔爆炸了！炸飞了教练的手，那只手从窗户飞出去，给冬泽尔总督的脸上来了一巴掌，他正骑在马背上敬礼致意呢。

这种事也发生在夏日影院的老板身上，他有一只铁手，每当男孩子们爬到树干上看免费电影时，老板就站到椅子上，用铁手一路扫过去，那些孩子便如同折断的树枝纷纷掉落。后来在家里，他想要用这只手给小男孩一巴掌，没想到铰链断了，铁手飞出窗户，砸伤了一名警察，那警察正在削铅笔，准备开罚单呢。

在我身上也发生过类似的事情，在军队通报会上，当报出那些阵亡将士的名字时，居然我的名字也在其中，甚至连出生日期都吻合。我忍不住喊起来：可我还活着呢！我被禀报给上级，被关了十五天禁闭，理由是我在通报会上捣乱。士兵们说：天哪，我听到这个消息的话，马上就卷铺盖回家躺着去了，等战争结束了，把名字从阵亡将士纪念碑上抹掉不就得了。

我曾经很热衷于照镜子，欣赏身上的制服如何合体，好比天晴出太阳，我外出溜达去散步，身穿淡蓝色衬衫，镶红道的黑色长裤，漆皮带和镀镍刺刀，帽子带金色帽檐，呵呵，在我的帽子底下长的可不是一团糨糊，而是灵敏的大脑，有着和爱迪生一样的纵裂沟痕。哎，那个爱迪生，他发明了那个仪器，让人们不必去剧院或音乐会现场，待在家里穿着拖鞋就可以欣赏到音乐，那就是前所未有的留声机。可怜的人在椅子上枯坐了三天，琢磨那个塞入耳朵的耳机。您知道，小姐，即使世界上最美丽的女人也无法跟有名望的男人比肩呀。在克拉科夫，一位波兰女医生命令我脱掉衣服，趴到我身上听我心脏的搏动，她的耳朵冰凉。她对我说：先生，什么事情让您如此激动？于是我给她描述欧洲文艺复兴，一个真正的男人面对美丽的女人时如何心潮澎湃，像被盐渍了的青蛙那样颤抖不已。所以很多作家为艺术而疯狂，尤其当他们想提升，大脑裂变成几瓣，再无法拼装起来。交响乐作曲家伊什特万因悲伤扯下了枝形吊灯，新娘前来迎接爱迪生，而科学家仍然在推测脚下的玻璃凳是否受地球引力的干扰，而美丽的新娘即将驾到。在他去世后，当人们打开他的大脑，灰色的坑。

一位女占卜师用扑克牌为我算命，假如我没有被一小团云雾笼罩，我将成就一番伟业，不仅为国家，而且为全人类，女占卜师伸出手来在我身上摸索，我摔倒在摇椅上，打翻了鱼缸，我给波兰女医生讲述了那件事。她在我身旁躺下来，问我：晚上您带我去哪里？我引用了解梦人安娜·诺瓦克娃的话：梦见刺猬在笼子里，你的放荡生活将有不善的结局。然而女医生坐起来说：您再选一个好一点的梦境，好吗？我回答说：在睡眠中看见纪念展览，预示永不满足的热望。女医生说：作为开始这足够了，说罢对我抛出土耳其式的媚眼，这会让男人们顿生邪念，然而我方寸不乱，为了成为赢家。有一次马里昂来找我们，他是个魔术师，也会催眠，他常常自己给营业许可证盖章。他一到某个部门办事，办事员们纷纷逃离，怕自己被他催眠了。

那一阵我在参加剧演，我扮演一名卫士军官巴拉莱卡。舞台上布满一扇扇带锁孔的门，在紫光灯的照耀下，我唱起那首《我亲吻过美女无数》，我唱《巴拉莱卡，唱起来吧》那最甜蜜的旋律，它是世界上所有旋律中我最喜爱的。当唱到"我爱你"片段，我唱出了高音C调，这是其他歌手无法企及的，此时他们的嗓音会发颤，就像奶牛产犊似的。作为男高音,我和歌手雅林内克·波斯比歇尔[①]一样镇住了在座的每一位女性,不亚于那个催眠师马里昂。小姐,如果你们喜欢,我们也可以一起来演,一位姑娘扮演俄国女沙皇,但她必须戴上假珠宝,您可以出演这个角色,因为所有的俄国女皇都不是美女,我来扮演东正教牧师,手指间夹一个圣杯,最后射下枝形吊灯,可我最想扮演那个男爵。现在的问题是,如何将一匹小马驹弄上舞台?除非给马蹄缠上布条,免得上楼梯时动静太大,尤其要防备的是,在音乐起来时别惊着小马驹,让它掉进乐池里。那个邋遢鬼可以由鲁达·塔瑞克中尉扮演,他的嗓音粗壮如瑞士公牛。在天主教大楼,我和一个美女想做大劈叉动作,为此得了疝气,对于男人来说倒是妨碍不大,假如一个女人身系疝气束带,色眯眯的男人一触摸到它,那条带镍弹簧的冰凉布带,理想立刻松懈,生理欲望消退殆尽。

有一次主基督被邀请去参加一个婚宴,人们杯觥交错,喝得过多,于是耶稣把葡萄酒变成为水,那就是在加利利的迦拿发生的奇迹。那阵子我经常做那样的梦,在梦中拣拾尸骨,意味有很开心的事在等着你。有趣的是,年轻诗人们思考死亡,而老爷子们却怀恋青春少女。

一位猎手告诉我说,他经常去观察鹿,一头老鹿,当它勾搭上了一只年轻母鹿时如何变得昂奋。梦见地里一垄郁金香,演绎出来便是你爱上了某个漂亮的姑娘,然而她对你的爱并不知晓。那个叫蓬迪的诗人告诉我,人们对写诗怀有奇怪的想法,认为这好比一个人提了水桶去打水,或者诗人只须对天仰起脸,于是一股神力便会从天而降,把诗句直接尿到诗人的脑门上。我对他说,惟有主基督,他才具备这样的能量,对此教授们至今都一头雾水,他不仅是圣子,而且是冠

[①] 雅拉·波斯比歇尔(1905—1979),捷克歌剧和轻歌剧演唱家,男高音。

军，是田径好手，他能拿起牧鞭，把卖牛人打出教堂，并告诉他们带来的不是安宁，而是剑，就像军刀，人们对此同样不甚明白，那是因为聪明人在死去，而愚蠢的人再次降生，一个人去冲洗厕所，另一个成为博士；一个女人宁愿一辈子躺在床上读小说，另一个女人则去践行小说里所描写的。

诗人蓬迪，可怜的人，他在啤酒馆一边把两个孩子捆绑在童车上，一边嗅了嗅手指头说：这里某个地方已开始深奥的哲学。半小时之后其中一个孩子在童车里拉屎了，蓬迪只得嘴里嘟囔着某个捷克词给孩子擦洗，一边感叹：天哪，这会让朝鲜的侩子手也动摇的。在圣体日那天我们隆重地前往普热梅希尔，一位小姐躺在沟里，指着自己对士兵们喊道：快来庆祝咱们武器的胜利！但没有一个士兵搭理她，因为她长得太丑，堪比土耳其之夜。对这种事我从来不上心，我以另一种方式成为赢家。在医院里男爵夫人们照料我，共和国时期则是那些标致的体育协会的女运动员、女护士。其中一个为我剃净了腹部的体毛，准备接受手术，因为主治医生前一天对我说：您将需要手术，假如您决定留下来开刀的话，那么请签一下书面协议。医生给了我勇气，他头上已戴上一顶糕点师那样的白帽子，护士们为他套上手套，好像他是个孩子。他正要给我手术的时候，门被推开了，一位手提竹篮子的老妪出现在门口，打听自己的男人躺在哪间屋里，她给送猪肉酸白菜来了？主治医生长得高大威猛，他气不打一处来，一把抓住老妇一脚踢上去，转头呵斥门卫道：在这节骨眼上怎么能让老太太闯进来？他马上就要在我肚子上拉出血淋淋的道子了。

那是何等喜悦的心情，当你走出医院，惬意地环顾四周，就像一首歌里所唱的那样：美景仿佛在圣界，啦啦啦。当面前的马匹不肯好好站着，尥蹶子抵抗，贝纳德克铁匠玩儿似的一口喝下杯中四分之一的啤酒，猛地把马摁倒在地，躺着给马钉上了马掌。嗯，他也得过肺炎，腹膜粘连，几乎崩溃。唯有我挺过来了，漂亮的女护士给我送来一个尿壶，问我为什么不娶妻成家，为什么让自己如此美丽的型体趴着休耕？我没有答复她，而是从床上爬起来，我想教她跳舞，但他们马上把我绑回到床上，因为经过那样的手术之后，就得像拉撒路①那样卧床休养。

一位高大健壮的女士，也是个美人胚子，她一边游泳一边冲我喊：你过来让我吻一下！我衣服也顾不得脱就钻入易北河朝她游过去，水没到了脖子。我得到了那个吻，我又成为了赢家，之后虽然我不得不呆在河岸边，要晾干的不仅有衣服，还有刚到手的军饷，一沓十克朗的纸币。我穿着裤衩站在河岸上，整个城市的人纷乱起来，妇女们争先恐后跑向河边，看到岸边的我如同蒙哥马利，那个攻陷托布鲁克的胜利者。自由意志论者质问教会说：当基督成为神之后，他与堕落的女人有性关系吗？我说，那也无可厚非，面对美女我也无法抗拒啊，遑论主基督了，那个时候他可是个帅哥，英俊堪比康纳利，毕竟他才三十岁呀。您再看，那个玛丽·玛格达莱娜②，虽然她的职业就像酒吧里的一把刷子，毕竟她后来修炼成为圣徒，深得上天的恩宠，她没有背叛基督，用自己的头发为基督擦去血迹，那个可怜的人被钉在十字架上，因为他宣扬社会进步，所有的人都生来平等，他的母亲瘫倒在泪水里，玛丽·玛格达莱娜前来安慰她。而我要问：那个年代的美女们都在哪里呢？

她们都死了，没有留下任何痕迹。然而玛丽·玛格达莱娜将永远感动诗人们的心。那位美男子如此这般的命运，他学成了木匠，会砍削大梁和木条，突然有一天他丢弃这一切跑去教诲他人，告诉人们主

---

① 《圣经》里的人物，曾因患病而死，后死而复生。

② 追随基督耶稣的妓女，后成为圣徒。

动去爱身边的人，它并非跟小姐在沙发床上云雨，而是去帮助正需要帮助的人。牧师因为我掌握了教义问答赠送我一幅耶稣手握圣杯的画像，在奥匈帝国时期那是很时尚的东西。何其复杂的审查和核实，谁是圣父、圣子和圣灵？一位牧师甚至被送上了法庭，因为乌尔曼姐妹们没能回答出神圣的三位一体是什么？牧师让她们裸露臀部坐在滚热的灶台上，后来那些女孩子没能嫁出去，人们对她们退避三舍，因为她们居然不知道什么是神圣的三位一体，事实上别人也不清楚，但他们装出自己知道的样子。那些姐妹们种植向日葵，那个年代谋杀和抢劫频繁，独居的人们晚上都紧闭百叶窗，预备好斧头和枪弹。一位磨坊主在寂静的夜晚借着月光看到有人用斧子在砍他家的大门，然后伸进手来拨开门闩，磨坊主手持斧头悄悄上前，当那只手伸进来时，他咔嚓一下把那只手砍断了。后来宪兵们四处搜查，没有发现缺了一只手的人。所以牧师怒骂，因为那只手一定被埋进了墓地，一定买了一个小棺材，我的天哪！

一个士兵在奥洛莫茨城站岗，看到陵园里有东西在燃烧，于是跑过去，推开停尸房，守墓人在里边，还有一个锅炉，锅里露出人的手和脚，油脂在燃烧。宪兵们发现，守墓人挖出墓地里的死尸，把肉煮了喂给猪当饲料。后来普罗斯捷约夫的制帽商们编了一首歌：这里有女人的手，女人的脚。

有一次我跟一位美女开车驶进了托马绍夫斯基林区，林子里有一家小酒馆，酒馆对面的树林里矗立了九个白色的十字架，就在那个地方一个火枪手守候来了婚礼，持斧砍杀了所有参加婚礼的宾客，哎，令人毛骨悚然的案件。所以我没有子嗣，因为我不希望自己的血脉延续，谁能保证孩子会秉承我？女人们齐声谴责我：好呀，看到时候谁来为你阖上眼皮！我说，在奥匈帝国时期人们都在家中老死，但如今人只要一发蔫，救护车就开到了，把您拉走，您孤独地死在窗帘后面。如今亲人们不再怜爱您，其中金钱在发挥魔力。最好的办法是，如果全世界的人都商定了不要孩子，您外出郊游时乱作一团，为了推行从工资中扣钱，一个孩子扣除五十克朗，第二个一百克朗，第三个三百克朗，五个孩子那就扣掉一半薪水，并在广场上当众鞭笞屁股，但最好安排在特定的时间，等我们再次和美女一起进入了森林，沉醉于欧洲文艺复兴，而不用担心有那么多双眼睛在盯着我们，因为今天人们躺在树林里休闲，彼此挨着，如同陵园里的坟墓。一个老太太把她的狗托付给我，让我带上狗出去溜达，而我更愿意跟狗一起去酒吧找姑娘，后来两个客人不小心把尿撒到了狗身上。等我们回去后，老太太抚摸着狗，闻了闻手说：你们去了哪里？从狗身上嗅到了春天的气息？

　　狗是不赖的家犬，但仅用来看护。某个珠宝商养了条斗牛犬，曾错打了它一次，猛犬却记在了心里。有一天珠宝商正在梳头，狗跳起来，咬向珠宝商的后脑勺，珠宝商掐住狗的脖颈，把它拖拽到办公桌边，掏出了左轮手枪，因为他对着镜中的犬脑袋射击，所以弄反了，子弹射穿自己的耳朵，差点丢了性命，待他射杀了那条狗，人们动用了钩板才把咬合的犬牙撬开。还有一个人要去参加舞会，对着镜子剪鼻毛，把鼻子剪破了，而我什么都会剪，这就如同小提琴手拉小提琴似的，全凭感觉。但是如果您看到普热梅希尔的村民前去参加征兵，那景象非常壮观，全村人给养充足，因为村民们全是偷猎者。村长率领一干村民去征兵，到处是绶带和横幅，他们抽打周边所有村庄的人，把德国人赶进啤酒厂，为了给村长留下纪念，他们用刺刀往村长的后脑勺上扎了一刀，只要表情稍微不对劲，您的牙齿就飞到屁股后边去啦。

　　游行的可是捷克民族的精英，魁梧的壮汉们盛气凌人，带了两套乐曲，节日盛宴上尽是鲜花和彩带，村子里花团锦簇。一会儿就有人手提装肠子的木桶,您知道,奥匈帝国时期有很多男人死于酒馆斗殴或在回家的路上,或者因为家里孩子过多而上吊自缢。但那些庆典中的普热梅希尔人紧盯着我,因为我跟他们的一个女孩约会。我转过身去,拔出左轮手枪,砰!砰!两枪射向他们。那些健壮的家伙在地上打起滚来,我又一次成为赢家,就像汤姆·米克斯①那样顺手扬起冒烟的左轮枪。还有那个艾格尼丝·赫鲁佐娃②的悲剧,我们捷克人善于想象,希尔兹内尔被认定为凶手,甚至一个白痴自告奋勇说他看到了希尔兹内尔曾站在布热齐纳树林里。那个目击证人当时正一手扶自行车把,另一只手在撒尿,结果希尔兹内尔蹲了监狱。犹太人被迫离开波尔纳小镇,人们朝犹太人唱:不要去犹太人商店购物,糖,咖啡,面粉,他们杀死了我们的艾格尼丝,那个蓝眼睛的姑娘……嗯,您也知道,后来艾格尼丝的哥哥在临终承认,是他杀死了自己的亲妹妹,动机为了钱,那操控世界的金钱。

有一回某个宪兵巡逻途中拐进啤酒馆歇脚,点了一份炸猪排,他吃得津津有味,不过瘾又要了一份,然而女店主迟迟不出现,宪兵便起身前去找她,女店主在地窖里,钩子上挂着她的女儿,全身赤裸,而女店主正从女儿身上往下割肉块呢。上帝呀!宪兵当即把女店主铐起来,把她送上了法庭。以前人们津津乐道这些轶闻,他们自己充当了收音机或电视的功能。但我最喜欢在城里闲逛,浏览橱窗,端详英式服装、频频摆动的礼帽让我感觉那么温馨。奥洛莫茨城的日用品店里摆满了莱拉和维奥莱塔尼斯品牌的浴皂,散发出紫罗兰香味,还有手感异常温润的罗莎·德设拉子牌的甘油皂。有一天,在"雪中圣

---

① 汤姆·米克斯(1880—1940),美国电影演员、导演。
② 艾格尼丝·赫鲁佐娃,19岁的捷克女基督徒,1899年3月29日傍晚在捷克东部城市被血腥残杀于回家途中。犹太人希尔兹内尔被认定为凶手,推测其杀人动机是为了取血祭神。

母兵营"背后,龙骑士袭击了我,冲我吼道:要钱还是要命!换别人的话早就吓瘫了,而我掏出勃朗宁手枪,回击说道:如果你惜命的话,赶紧滚蛋,不然我就开枪了。

后来我去我兄弟家里小住两星期,不料想在那里一呆就是三十年。当地人给我一把墨西哥长枪,让我看护啤酒厂厂房后边的传送带。夜里宪兵来了,我举起步枪就射,子弹嗖嗖地从桥上反弹回来,发出哨音。因为我经常先发问:那边是谁?奥地利士兵必须第一个开枪,成为赢家。

另一家日用品店里在出售生发油和西拉诺品牌的化妆水,商标上画着一个浮出湖面的水仙女,口衔一朵玫瑰,身后围绕几只萤火虫或星星,简直就是莫扎特的音乐,美不胜收。曾有三个女裁缝乘小船自皮克而来,而我们正穿着裤衩在修理啤酒厂的井道。其中一位美人朝我呐喊,我立刻跃进水中,游到她们小船边,这是奥地利的礼仪,甚至连普通人都这样行为,宛若人们始终在把自己的生活拍摄成电影或者照片。在斯洛瓦兹科①我曾在面包房帮忙派送各种糕点。一群参加婚礼的人,喝得醉醺醺的,骑着马进了教堂,把一瓶李子白兰地敬在神龛前。牧师吼叫着,似一架战斗机冲进教堂,撕扯和猛踹那群参加婚礼的人,叱骂道:塔特拉山来的蛮人,就这副嘴脸进入教堂,滚!等你们这些醉鬼头脑清醒了,再来教堂举办婚礼!

后来我动身去了赫拉迪斯科,在那里学习制作大麦芽,后来荣耀地衣锦还乡,身着条纹西装,头戴巴黎最新款的时尚礼帽,手拄带白色按钮的拐杖。宪兵们正押送另一个游子当街示众,那人身上的礼服像被牛咀嚼过似的皱巴。相比之下我像电影明星那般闪亮登场,带回来一百个金币,偿还了债务,并由迪亚特尔老先生撮合买下一条伯尼

---

① 斯洛瓦兹科,位于捷克摩拉维亚地区,紧挨斯洛伐克边境。

克维①奶牛，迪亚特尔老先生曾经把一座老剧院改成了啤酒馆，他媳妇在家里养了八十只猫咪，一天到晚忙着伺候猫咪喝牛奶。在日用品店里我看到了卡罗德尔牌制剂，后来沃尔夫公司和卡尔斯鲁厄的儿子把自己的产品销往摩拉维业——啫喱和护肤用的粉红色细腻粉扑，包装盒上是蒙丝薄面纱的女性头像，手抚太阳穴，梦幻的眼神凝望远方。

我们买下的那条伯尼克维母牛，人人都羡慕，它叫施维查尔，通体雪白，作为样品标价为八十金币，但后来我们把它卖给了屠夫，因为它不产奶。我们家族最有出息的是我的叔叔，曾在军队里担任教练员，写一手漂亮的书法，皇帝曾赐他一个金十字架，他头戴帽盔，系金绳。这个身高一米八的汉子，年轻时曾把半个啤酒馆的酒客一一扔进了池塘，跟那个来自科科拉②的日姆斯基如出一辙。后来我叔叔结婚之后，开始正经起来，他娶了猎场看护的女儿为妻，在瓦拉希施克那地方建造起一栋小别墅，养殖火鸡，还当上了警长。我给一个美女买了施特肯普费尔德美白嫩肤霜，那是德国拉德博伊尔公司的品牌，然后我出资给来自哈弗尔特的兹登卡私下搞定了保证她荣获西驽林金奖的资源，她问我想要什么回报？我说：我想和你一起出去散一次步。她刚中过暑，哈哈大笑之后问：为什么？我说：因为保健手册上讲，人如果中暑了，最好的方法是解开上衣，用温水擦洗胸口。那个兹登卡呵斥我：你这个下流鬼，太过分啦。

世界依然那么美丽，不在于世界本身如此，而在于我如何看待它，就如同我们在电影《普希金》中看到的那样，可怜的诗人年纪轻轻就被击中头部殒命，左轮手枪的枪膛里流淌出最后的诗句。从那

---

① 斯洛文尼亚地名。
② 科科拉湖，位于俄罗斯北西伯利亚低地东北部，面积162平方公里。

些照片我判断出,普希金属于欧洲文艺复兴风格,蓄着美髯,已故的皇帝弗朗西斯和作曲家施特劳斯都蓄有那样的胡须。我沿着河岸踽踽而行,丽布施卡骑一辆自行车迎面驶来,她立刻用前轮胎撞我,问我什么时候再给她送花去,譬如一束玫瑰?我出其不意吻了她一下,汉斯·阿尔伯斯在汽船上常这么干,丽布施卡尖叫起来:耶稣呀!我开心地笑了,我说:我可不是基督,仅是先生而已……这让她笑得更加开心,又用自行车前轮子撞击我,这为我开启了得寸进尺的冒险路径,让我掌控了主动权。

在药店里我发现一排小瓶子,是贝鲁塔宁牌生发剂,小瓶子上标有发明者的两个女儿,一头长发下垂到脚踝。当然,奥地利人对毛发生长茂密并不像对坚挺的乳房那么关注,有些女性的胸脯天生丰满,不得不背上一个双肩包,包里装上一块砖,用这样的办法来拉扯乳房避免它们下垂,真是了不得,它成为风行的时尚。大清早起来全奥地利人除了考虑胸围不思其他,女人们拼命往胸脯里填东西,假如女儿的乳房达不到半升啤酒杯那么大,那简直是家庭的不幸。当下大胸脯又开始流行,女人们又得像奥匈帝国时期那样疯狂。在全国体操运动会上我看到威猛的女汉子,我们的那些姑娘,在电视上她们穿着田径短裤和汗衫,成群结队做翻滚动作,俨然玛丽亚·特蕾西亚的打扮,男人们对这一奇观,对这傍晚时分的全民运动表现出身心倦怠。夜里我在别家的花园里摘下一捧玫瑰,我翻越过栅栏,悄悄地把玫瑰放到丽布施卡的窗台上,墨西哥人和西班牙人都这么干,专门有一帮人除了骑在马上晃荡,对着姑娘们弹吉他唱歌,整天无所事事。

第二天丽布施卡透过窗帘冲我喊,让我上她家去做客,那是我擅长的外交,随后我便目睹她如何脱下皮鞋,褪下长筒丝袜。当她正往沙发上躺下时,她问我,蚂蚁是否已经爬到了我身上?说着把身子重重地摔在沙发床上,嗅着那些玫瑰,两眼却望着我,然后她坐起来,拆起一件衬衣来，当她的手被刀片划伤时，她对我说：赶紧帮我包扎，不然我会得败血症的。在我缠绷带的时候，她又说：你没有像喜欢酒吧里的小姐那样喜欢我吧？我马上拿出骑士的风度安慰她：小姐，你拥有异样的魅力，身材苗条，双腿那么修长，说得她眉开眼笑起来。我们俩一起拿起床单送到洗衣店去上浆，洗衣店里的老太太醋意大发。嗯，那无关紧要。我给丽布施卡讲解安娜·诺瓦克娃的解梦书，书中说在洗衣店给床单滚动上浆，意味着你会探究出无声的秘密，于是丽布施卡向我透露，为了庆祝二十一岁生日她都做了哪些准备，随后又补了一句：看我的眼睛她会害怕跟我在午夜一起上岛。我便安慰她：这一切都会过去的，丽布施卡。你性格狂野，你会操劳多年，直到一位鳏夫把你娶走，他娘的，他应该是一名警察，至少是一名宪兵。一个女士劝诫我：别太絮叨了，但在天黑时把我们带进小树林里，那个来自哈弗尔特的弗拉斯塔，她会弹钢琴，会说德语，她把枯萎的柳树放到台球桌上，她身上的裙子突然滑落，就如同您将罂粟花的花朵捋下。

她还告诉我说：小子，你就用这招刺激我，对我装出一脸无所谓的样子。那个纳夫拉蒂尔卡，我们曾经在天主教大楼里一起跳怪异的舞蹈，她在我耳边低语：您瞧，我们吸引了整个大厅的眼球。我想增加一个动作，把福科萨和科施嘉洛娃①的芭蕾组合动作展现出来，我们借助偏心力飞速旋转到桌子下方。雅米尔卡曾经想跟我在斯拉维亚咖啡馆模仿她在电影《歌舞大王齐格飞》②中看到的舞姿，但她没把握好那个探戈动作，一下子越过我的头顶，把眼镜戳进了眉毛，至今

---

① 约瑟夫·福科萨（1904—1997），伊斯卡·科施嘉洛娃（1911—不详），捷克著名演员，曾搭档出演芭蕾舞。

② 1936年，美国米高梅公司出品的关于著名百老汇制片人齐格飞的传记影片。

她还以眉毛上的那道疤痕自嘲。然而我最喜欢跟那个来自哈弗尔特的絮叨的弗拉斯塔共舞，她疯狂地爱上了我。我用肩膀扛起她绕场地一圈，而她却笑着把尿撒在了我身上，整个酒吧疯狂而沸腾了。后来她在小汽车里自杀了，车里还有几个士兵。但哈弗尔特告诉我说，事实并非如此，她还活着，活得好好的，转行当了护士，她性格那么活泼，想去修道院呢。那一阵我买了个鼻子矫正器，夹在鼻梁上，就像女人的卷发器，用螺丝拧紧，这取决于你想要什么样的鼻子，我想要鲁道夫·瓦伦蒂诺那样的鼻子，那个拥有上帝祝福的老鞋匠，他住在哈弗尔特客栈旁边，在迟暮之年他围绕教堂走了一圈又一圈，说：我还没有到过那里面呢，那些人总在里面做什么？直到有一天他看到庆典活动，便留在教堂里当了司事。他懊丧地表示：太遗憾了，之前我对此一无所知。

那次弗拉斯塔把一枚戒指扔到了英俊的磨坊主脚下，而我从来没有给她买过什么，仅时不时地给她送玫瑰花。这个最能打动女人的芳心，她马上会抛开一切，坐到我的旁边，而我装作在阅读报纸。弗拉斯塔说：你干嘛坐在这里，像一朵苦蘑菇似的？我一把将她摁到台球桌上，有个侍者过来想帮她，我飞起一脚将他像皮球似的踢飞。我弯下腰来，以胜者的姿态吻了她，整个啤酒馆疯狂了。药店里在销售"青春泉源"的美容蒸汽仪，那蒸脸的玩意儿曾荣获国家金质奖章，设计非常优雅，包装盒盖上是一个美丽的女人头像，脑袋塞在小隔间里，仪器的镀镍铜管与它相连接，那个淑女身穿饰有布鲁塞尔蕾丝的睡衣，睡衣上绣着"青春永驻"的文字。一位美女在布拉格索菲亚宫的留声机旁边悄声对我提议：我们一起出去约会吧，我先去梳洗一下，换身干净的内衣，那些女骗子们嫉妒死我了，都想往我的咖啡杯里投毒呢。

那段时期我跟老瑞帕一起赶着牛车运送啤酒，然而几条公牛在火车道边的铁轨上躺倒不走了,让铁道员无法放下木护栏,火车只得停在站里无法启动。火车司机一次次跳下来,列车员们去拽牛尾巴,但牛儿们躺着纹丝不动,火车已经延误了十分钟,列车长面对这种窘况,掐着手表计算分秒,铁路调度员给公牛打出各式各样的手势信号,但公牛们咀嚼着,无动于衷。直到一个挤奶工想起来,最好的办法是把水同时注入那些公牛的耳朵,这下可好,公牛们支棱起了尾巴,继续寻衅,砸起了道岔,我们车上的啤酒损失了一半,经理冲我们叫嚷个不停,气得七窍生烟,说:赶紧,骑上这辆自行车给我买烟去。我接过自行车推着往纸烟铺跑去,等我买好纸烟走回来,经理斥骂道:你去哪里了,耽搁这么久?我回答说我不会骑自行车。

这时候兹登尼奇卡打扮得像个教皇,慢慢走进啤酒厂来,说是想跟我私下聊几句。我们一起走进宿舍,酿酒师们认为兹登尼奇卡怀的是我的孩子,然而我只是想让她欣赏我床头那幅奥赛罗杀死自己情妇的油画。可是兹登尼奇卡拿起毯子遮掩住窗户,经理见此情景立刻下令酿酒师搬来梯子,他亲自爬上梯子往二楼的宿舍里张望,我望见他露在毯子上方的脸,他身后的天幕上一朵乌云镶着金边,云朵中央黑如烟囱。然后我在双层床铺上给兹登尼奇卡叙述卡鲁扎和哈利士如何把莱切安抓捕归案,莱切安如何站在刑场上,对刽子手沃赫施莱格说:来动手吧,你的手冰凉。

兹登尼奇卡对我说,跟我结为夫妻一定美若天堂,但我悠悠地开导她说:对婚姻我没有足够缜密的犯罪倾向,孩子们一个个出世,那便是灾难呀,连皇帝也会在夜间跳下床去的,作曲家舒曼逃离爬进了冰凉的水里,在影片中他对妻子诉说:人们是傀儡,那些便是灵感,待他完成了曲子,便可以去喝一杯,出去散步。之后兹登尼奇卡对我纠缠不休,要我躺下来,说一百克朗就可以搞定,但我回答,按照巴蒂斯塔先生的著作,最好是享用一位处女,那是天堂的感觉,当两个人在一起拥吻都有距离，甚至连我们当兵的都不习惯越窗找女孩并强奸她们，这是上校扎瓦达教导我们的，在他手下曾倒毙八匹战马和三十六个行军营。当我跟一个姑娘讲起这个时，她咯咯大笑起来，所以一点也不奇怪，我们的军队在前线溃不成军，因为我们是退化的军队。扎瓦达上校随身带了一条德国狼狗和两节加农炮电池，森林被包围了，被炮弹击中的树木像火柴棍那样在空中飞舞，但扎瓦达上校查看了地图，在关键地段布置好了机枪，他脖子上的金领，上面缀有一颗星星。我们不断地研究，如何对付敌人。扎瓦达上校抬起我的下巴，检查我是否剃了胡须，然后检查枪支，凌晨三点大家已经喝上了咖啡，五点换岗，先开始吹号，然后击鼓，军官们飞奔起来。

兹登尼奇卡用雨伞在地板上划来划去，雨停了，但经理仍然圆瞪双眼，窥视我们要折腾出什么动作。兹登尼奇卡嘱咐我晚上再来，她将给我看条纹面的羽绒被和新唱片——"银蕨"和别具特色的间奏曲《黑森林里的磨坊》，然后她款款走出麦芽房，沿小路远去。男人们目送着这体态袅娜丰满的大自然尤物，垂涎欲滴，像圣伯纳犬那样情不自禁流出口水。经理架起望远镜跟踪她的身影，而我把麦芽铲子往肩上一扛，翻动大麦芽去了。我想起了斯美塔那，那是怎样的一个奴隶，而不像个先生，他最终去世时，雅布肯尼采①的居民往他那两个平时装乐谱的手提箱里塞满了香肠，因为是他让全民族人的闲暇时光变得轻松惬意。屠夫学徒出身的德沃夏克，也曾拥有同样的愿望，可当时的捷克人更热衷于豪饮和聆听别人演奏幽默曲。

宪兵们带走了哈夫利切克，他的妻子尤琳卡几乎疯掉，她的心脏

---

① 捷克作曲家斯美塔那（已耳聋）在1875年迁居此地，与女儿索菲亚共同生活，创作有四重奏和歌剧《鬼墙》、《秘密》等。1924年此地立起纪念碑，纪念这位伟大的音乐家。

因悲伤而破裂。哈夫利切克是个智慧之人,他娘的,他的那些警句和书信。诗人蓬迪推着童车来找我的侄子聊天,童车里坐着他的两个小孩。他跟我侄子一起灌下了三壶啤酒,因为酒馆要关门了。他们提走了准备夜里喝的啤酒,将酒瓶泡入卫生间的洗手盆里,两人继续展开学术辩论,直到不知不觉睡了过去。我侄子一觉醒来时,水龙头还在哗哗流水,他拉亮电灯,蓬迪,可怜的人,把喝下的两壶啤酒都尿在了地毯上。蓬迪一个翻身又睡着了,直到早上两个孩子把他吵醒,他四下打量一番,突然大呼一声:我知道了!他站在沾满尿液的地毯上欢呼雀跃,喊道:跟我们一起走的人,不仅包括那些不和我们一路同行的,还有那些与我们相向而行的人,因为谁也不能脱离时代!您看到了吧,小姐,饮酒和冥想,那就是诗人的癖好,如果世事令人绝望,他们会把天空撕裂,把自己的想法拉到阳光下。

  我用铲子翻动着热腾腾的大麦芽,我必须先用木铲翻动,苏格拉底和耶稣都没有写过一行字,可您瞧,他们的教诲至今通行天下,深得人心,而其他人呢,出版的书越多,却越没有名望,这是历史的阴谋。我曾经跟一个肥皂商比赛头朝下从台球桌上往下跳,我赢了,当然我脑袋上磕出一个大鼓包,然后我们又表演埃及国王法鲁克①的隆重驾临,酒吧里的所有美女都参与了进来,尽管这件事毁在了奥兰内克手里,那个倒腾旧家具和古画交易的骗子。有一天他开车运送一幅画,不小心戳破了圣母玛利亚的一只眼睛,他把一只鲤鱼眼贴到画上,在画的背面粘上药膏,后来这幅画出售到了匈牙利宫廷里,匈牙利人把圣母画挂到了炉台上,有一次在做祷告时被吓得跑出门去:他们头顶上的圣母玛利亚在哭泣,其实呢,是粘上的那只鲤鱼眼破了。

---

  ① 法鲁克一世(穆罕默德·法鲁克,1920—1965),第二任埃及和苏丹国王,努比亚、科尔多凡和达尔富尔的统治者(1936—1952在任)。嗜美食,是个神偷。

奥兰内克那个骗子，他牵一头驴走进隧道酒吧，美女们正好在帮我褪下身上的衣服，换上套装，并且给我的脑袋裹上头巾，再把珐琅色彩涂抹到我的脸上，然后我骑上毛驴前往各家啤酒馆，但我们随即被轰了出来，连同这个法鲁克国王驾临大酒店的盛大活动。后来奥兰内克那个骗子，他把胡椒粉搁到驴鼻子下，我一下子被驴扔了出去，但我依然是个赢家。后来我去了动物园，我身穿从一个瘸腿人那里继承来的礼服，虽然瘸腿的裤子一定是量身定做的，穿在我身上却也熨帖合体。就这样我站在了动物园的狮子笼前，突然狮子的身体猛地一激灵，甩出半升尿来，尿液似润发油洒入我的头发，两个斯洛文尼亚人也没能逃脱。整整一个星期我每天必须往身上喷香水，带一种东方树脂的香味。为此城市酒吧的美女们不断过来嗅我的动向，竖起耳朵，看我是否上别地儿找姑娘去了？

那个时候电视还没有问世，什么物件人们都自己动手制作，包括收音机。住宿也很简陋、拥挤，穷人的床铺都没有机会变凉，那是寄宿者们的首选。酒店的值夜门房，当他爬钻进温暖的被窝时，之前那个寄宿者刚刚起床离去上白班。有一次几个养兔人邀请我去展示我的歌喉，于是我尽情吟唱起"夜莺在湖畔戏水"，但奥兰内克扼杀了我，他引导的伴奏牛头不对马嘴，跟不上节拍。现在决胜的时刻来临了，我要重唱那首《夜莺在湖畔》，让乐手们以"欢乐青春"庆贺我的胜利……然而养兔人怒骂起来，把抽奖的奖品往我身上砸，甚至把炸猪排也扔过来，但我依然是赢家。

后来我去帮弟弟收土豆，我准备在那里逗留两个星期，但是经理说：难道麦芽师还要休耕呀？他马上递给我一把铲子，于是我去展示分拣高级大麦芽的制作工艺，那是我在贝内绍夫啤酒厂跟奥利维琉斯和沙林格学来的本事，经理看得目瞪口呆！随后让我上列车厢去卸货，经理问：你干得了吗？我跳上车去，套上皮靴，砰地一脚踹向杠杆，煤堆儿松动了，煤块哗哗滚落到经理的脚边，经理喊叫起来，煤已经淹没了他的膝盖：嘿，你这家伙，想要干吗？而我一刻不停地铲着煤，不到三小时就干完了活。美女会计师夸我说：你够卖力的呀。我回答：小姐，这对我来说小事一桩，因为上学时日姆斯基教过我，那个科科拉湖的大力士，他打架时曾经一脚踢掉一位小姐的假肢，让另外四个宪兵在医院里抢救无效死亡，他是个人才，他擅长跳起来扑向敌人，捏碎对方的喉结，或者干脆握住钥匙朝对方的眉眼抢过去。

于是经理说：作为奖励他要带我一起去养蜂场。他戴上了头盔和手套，万一蜜蜂蜂拥而上，那是很惨的。蜂群在树上筑巢，必须把那些蜂巢砍下来，然而树的主人不让砍，由此造成邻里纠纷。经理说：麦芽工，你过来，我来教你如何跟汉卡先生一起转移那些蜂巢，这下我们开始学习养蜂手艺。不料汉卡先生迷迷糊糊绊了一下，打翻了蜂房，我们赶紧抱头鼠窜，但为时已晚，因为蜜蜂瞬间围上来，满头满脸地狂蜇。汉卡先生跪倒在地上，乞求蜜蜂放过他，说自己有老婆和孩子，但蜜蜂们不管不顾，甚至蜇到了他的生殖器，肿得像个喷壶。

直到第三天我才下床去了酒吧，波宾卡一看到我，马上为我播放上唱片：陵园，陵园。然后拉我上楼，因为她以为我肿胀的两眼还看不真切，她把自己脱得一丝不挂，提起水罐去打水，并说我们俩可以先这样操练起来，为婚礼做准备，哈尔迪就是那样干的。但随后走廊上就传来尖叫声，是铁匠出事了，他喝醉酒后，有人往他裤裆里塞进一把旧锉刀而不是美女。当铁匠用手电筒照见那东西时，惊慌失措，穿着短裤就冲到走廊上，撞断了栏杆，大声哭喊：是谁把这条虫子塞我裤裆的！

波宾卡跟学院派画家一样丑陋！我立刻穿上衣服，我跟那个铁匠一样敏感。另外有一次，几个人在台球桌上给一个盘炉灶的工人传授情爱奥秘，但那个工人的脑子依然一锅糨糊，因为他往炉膛里贴了两次瓷砖，其他人不得不用镐头撬开炉灶，重砌一遍。那些市民的女儿们至今给我送玫瑰花，好奇我在哪里学会了那些精妙方法的？但奥兰内克全给搞砸了！我们在广场上为他庆贺五十岁生日，问了他好几次：你身体怎么样，能行吗？能行吗？

奥兰内克掏出生殖器，他已经灌下了十瓶啤酒，他对着纳霍德纺织厂的广告牌撒起尿来，尿柱滋得比广告牌上的文字还要高。公证员先生从尿液的拱桥下走过，跟我们打招呼，人们又在露台上比赛，看谁的尿柱射得最远？奥兰内克觉得自己稳操胜券。但有一位大叔坐在那里，像是从玛丽亚采尔①来的乞丐，他问是否他也能参加比赛？奥兰内克同意了打赌的条件——赌一瓶一公升的法国白兰地，于是有两瓶酒立在桌子上。午夜之后大家纷纷聚集到露台前，那位大叔第一个走上前去，解开裤子，了不得！街对面有一栋房屋，大叔尿过了整栋房子，尿柱直滋到对面的拉贝河里，声响赫然入耳……

奥兰内克黯然离去，大叔拿走了那两瓶白兰地。曾经在海军部队当过击鼓手的维特对小提琴手诺瓦克建议说：咱们为他演奏一段《维奥莱塔组曲》吧！全城的人都站到了椅子上，我随后加入了更加精彩的《苏丹婚礼》，全场喝彩。奥兰内克为了挽回面子，在现场实时表演，他站到桌子上对着客人撒起尿来。一位姑娘之后对我说：活该，让你跟他交友的，法院还会找你麻烦呢。

雅林内克·波斯比歇尔在民族大厅一曲唱毕，跟大厅里的听众互动，他问：这里谁会唱歌？女观众们高声推举我上台去比赛！于是我被那位著名男高音拉上了舞台，他请我坐下！我回答说不行，雅林内克在大厅的一片喧哗声中发问：为什么不行？我回答说因为我买的是站票！女人们疯狂地欢呼起来，尖叫着表示我在交谈比赛环节领先。

---

① 奥地利最著名的朝圣地。

此时钢琴伴奏起来了,我唱起那首《离别沉重》,顷刻间掌声雷动,台下女人们的热情足以掀翻民族大厅的屋顶。对雅林内克的演唱大家认为:虽然他离婚了,然而嗓子始终像夜莺,因此像雅林内克这样的歌手,是不能被送往前线的,万一阵亡的话,全民族将蒙受损失。

我认同这一点,因为我曾给奥匈帝国的总督冬泽尔提过军刀,甚至我还有幸在轿车里见到了坐在他身旁的名将冯·曼陶菲尔和冯·罗森艾克先生,两位将军头戴金色皮头盔,那玩意儿看上去像尿壶,顶端是个类似梳妆台塔镜那样的尖儿,甚至当奥芬伯格和丹克尔展开第一次进攻时,我就在现场。两位元帅戴着夹鼻镜,我也相当荣幸,我紧握康拉德·冯·赫岑多夫手里的缰绳,仿佛我是他的母马。这个老家伙,却跟小姑娘一般昂首挺胸。他的儿子在戈罗坚卡①陷进了沼泽地,话说回来,他们应该老老实实呆在家里,去别地儿折腾什么呀,对吧?康拉德·赫岑多夫属于皇室家族,是位大公,所以他的脖子上围着一只小羊羔,只是皇帝脖子上的羊脑袋朝上,而康拉德·冯·赫岑多夫的脑袋朝下。多少次在我的梦里出现猴子,按照安娜·诺瓦克娃的解梦书,这意味着大疾或者情爱,有时我在夜间看到胸口扎着一把刀,它意味爱的回报。

在举行弥撒时,我们的牧师忙得晕头转向,而教堂司事此刻又在哪里呢?为什么不在牧师身边帮忙,礼拜时间到了差点儿耽误了仪式?嗯,教堂司事溜到啤酒馆喝烈酒去啦,他没有为牧师预备好三勺熏香,那熏香可是用非洲的乳香树脂、没药和沉香制成的,牧师用它来熏香整个教堂。微醺的教堂司事回来了,嘴里呼出薄荷甜酒的气味。牧师一边继续礼拜,一边问:你去哪里了?说着从圣殿里取出圣杯。司事回答:我出去撒尿了。牧师放好圣杯后,砰地一脚踢上去!

---

① 位于乌克兰的小镇。

吼道：难道你不知道，你的身份是司事，在我做礼拜的时候你要在我身边辅佐。你非得去喝薄荷甜酒吗？说着又一脚踹上去，操起文书砸向他的鼻子，然后端起圣杯，继续做弥撒。底下的老太太们一肚子疑惑，这是什么新仪式？

呵呵，小姐，出了这档子事之后那个教堂司事便不再赞美教会，后来他成为最好的社会民主党人。以前人们都忐忑不安，当有人梦见一碗黄瓜倾倒在自己身上，这意味着疯狂做爱，或者在梦中看到锉刀，那意味婚约将从你的家门口绕行而过。

我的弟弟在奔达先生的面包房当学徒，店主奔达是个聋子，听不见，弟弟要反复问：什么？等得到答复时，人也晕过去了。弟弟清醒过来后，店主对他说：在我们店里习惯说：啥？但店主后来误入歧途，继承母亲的财产之后，他开始沉迷于酗酒，有一天冻死在街头，这种不幸跟你往孩童手里塞入一把刀没有什么两样。

我们的牧师遇到了麻烦，黑夜里他撞见一个男孩正在教堂旁边跟女孩子做爱。牧师先是吓一跳，因为那个男孩是个教士，虽如此他还是提交了一份报告，于是来了几位传教士，因为教区的世风日下。来的是四位足球运动员，看起来很像四个传教士，身穿长袍，腰间束带，最终他们在进行道德整顿时，宪兵们不得不出面干预，因为社会民主党人提出了关于人类从猴子进化的离谱问题，继而开始争吵不休，鸡来自哪里？来自鸡蛋！那鸡蛋来自哪里？嗯，来自鸡呀，两个小时里自由思想家跟那些传教士相互朝对方吼叫，声嘶力竭争论第一个鸡蛋到底来自哪里？

自由思想家喊道：来自大自然；而传教士们也叫嚷：来自上帝的创造。双方掐作一团，宪兵们出动干预了，是老太太们跑去找来的，说那里有异教徒在亵渎上帝的儿子，接着女人们开始往自由思想家们身上掷石块，命中两个宪兵，毕竟上帝是不能被封闭到某个模具里的。现在我想起来！在梦中看到用于耕地的犁意味婚礼！划火柴表示爱恋！按照巴蒂斯塔先生的著作，二十岁美女带给男人的，只要那个人不是怪物，是天堂的感受，是电击，而对于老头子来说则等同给死人穿上棉衣。我们的上校骑在公马上，检阅眼前这支世界上最出色的军队，他看到一个男孩军装上沾满鲜血，马上把他从人群里拉出来，冲士兵吼叫，说自己的军队养了一群猪。

奇怪的是奥匈帝国时期男爵们会在马厩里为马匹安上镜子，而车夫和女佣们睡在阁楼上，雇工们的住宿条件还不如牲畜。但人们喜欢唱歌，在歌声里让自己放松心情，而如今人们在干活时不再唱歌。日姆斯基是我的朋友，他是个蛮汉，在啤酒馆里见谁揍谁，只要他一出现，准有半个酒馆的人吓尿，鼻涕耷拉到鞋子上。练兵场上一个中尉在指挥：立正！而日姆斯基摇晃了一下身子，中尉马上冲过来，朝他腹部猛击一拳，而日姆斯基瞅准时机，一把夺过中尉的剑，在膝盖上一撅两段，然后一拳过去把中尉击倒在地，士兵们四散，大家开心极了。

列支敦士登大公拥有一百多处领地，但为了免缴税，同时不必设立自己的军队，他把领地合并为九十九处。然而不幸的是，医生切断了他的生殖器，往那里插入一根银管子。所以您瞧，小姐，有钱人呢，在这种事上也不尽如意，因此，按照巴蒂斯塔先生的著作，你一定要观察全面，不要受蒙骗了，省得当问题开始彰显时痛不欲生。您看，一个人可以跃上一匹马，安然无恙，而另一个人哪怕再小心翼翼也浑身是病；有时某个女人为了堕胎从梯子上往下跳，却什么动静也没有，而另一个女人谨小慎微，可擤鼻涕时稍一用力就流了产。所以很难呐，那些求爱的话，聪颖的姑娘自己打广告，寻找纯性情的男子，于是我前去应征。

那个女孩谨慎地把我上下仔细巡视一番，又跟周围邻里们打听：

那个先生是否被监禁过？她还往卡尔里克刑侦研究所写信，索取更详细的信息。哎呀，在一次操练时又惹出祸来，有个无聊之人往剃须液瓶子里倒入了高锰酸盐，一个士兵从姑娘身边回来，拿起以为是剃须液的小瓶子开始洗漱，高锰酸盐一挤出来，他就剑一般地冲了出去，在军营里狂奔，像待宰的牛那般嚎叫。同样的事情也曾发生在我奶奶身上，那是一种涂抹药膏，但医生把它制成了饮料状，呈褐色，就放在镜子边上。我们家的大丹犬患腿疾，医生也给开了一瓶褐色药剂，两个瓶子同一模样。但奶奶把药膏误倒给了狗狗喝，奶奶慈祥地微笑着，因为她熬制的是覆盆子饮料。大丹犬吞下饮料后，我们只得抬起它飞快地去找医生，然后去了牧师那里。一个美女悄悄请求我把她的尿液带给医生，但医生大怒，对我呵斥道：她自己必须过来。有时候人们特别爱我，对我说：您别离开我们呀，可您在这里能做什么！

或者到处有人邀请我去赴宴，说：来得正好，这下我们有人折腾了！他们就这样拿我开涮。我牵住一个美女的手，我们一起在桥上欣赏荡漾的水波和澄澈的天空。我告诉她，我们的小镇有三十二家啤酒馆，其中二十八家有小姐，因为全镇居民都爱好戏剧，城里设有五家剧院，但最好的剧目在天主教大楼里上演，那里曾经是普热米斯尔巡演剧社，上演最成功的是墨西哥剧《埃尔蒂格拉》，主角由美容师科佩茨基出演，可惜在首映礼前夕，他在往车上装载收割的三叶草时摔下来，人们把他平放在梯子上，抢在开演前一刻给他把腰背踩瓷实。后来演出很顺利，然而美容师在爱情告白时需要跪下去，然后美容师再没能站起来，但他饱含深情地演唱了《埃尔蒂格拉》，甚至裤子门襟都崩开了，嗯，女观众们疯狂了整一个星期，无法自已。在国家剧院里，水暖工和锁匠们最喜爱在那里上演贵族圈里流行的剧种《温夫人的扇子》①，主演是一位字画家，同样他在下跪时，裤子从燕尾服里掀起来，露出了内裤的裤腰带，当他出场谢幕时，帷幕上的挂钩又撞在他脑袋上，他咕咚栽倒在舞台上。女人们沸腾了，以为这是戏里的表演动作。

而在哈列克剧场演出《处女塞拉芬的珍珠》② 时，导演在幕间休息结束之后透过幕布上的小孔窥视观众是否回到座位，他扬起一只手，拉幕工喝多了带泡沫的牛奶，立刻拉升帷幕，导演被吊到了半空，随后跌落到乐池里，这个精彩的开端令观众欣喜不已。还有一次上演《拉杜斯和玛胡莱娜》③，有一桥段在黑暗中进行，而拉幕工无端升起了帷幕，拉杜斯以为帷幕还在下面，便问：玛胡莱娜，你在哪里？而在幕侧的玛胡莱娜回答：在狗屁里。观众们再次欢声雷动，觉得将欣赏到一出接地气的精彩剧目。然而那个拉幕工，当他意识到自己的过失时，又赶紧拉幕，一下子扯断了绳子，帷幕从天而降，罩住了拉杜斯的脑袋，拉幕工慌忙之中打开了剧场的灯光，并从帷幕中探出脑袋叫嚷：绳子断了。这出玛胡莱娜的戏取得了意外的成功。但最成功的要数在天主教大楼演出的《仲夏夜之梦》，出演的都是普热米斯尔巡演剧社的成员，每个人都刮了须发，而扮演仙女的女演员患了坐骨神经痛，因为演出是在冬天，当水仙女们跳跃时，都数着数，使用手电筒照明，但后边那个戴驴头面罩的家伙却掉进了地洞，他大声疾呼：啊，快拿碘酒来！观众对这开放性的场景玩命地鼓掌喝彩。

一位少尉，长得像鲍尔的汉子，轻松举起母牛，击败了弗日希藤斯基，那个少尉在训练场上对我说，让我把他当作敌人对待。我们操

---

① 王尔德的四幕喜剧，1892 年 2 月 22 日首演于伦敦圣詹姆斯剧院。
② 1964 年上演的捷克歌剧。
③ 捷克童话诗剧，尤里乌斯·泽耶尔创作于 1896 年。

练走步,向左!向右!练习与敌人拼刺刀,我们刚站停下来,我突然无端扑过去,举起刺刀直刺少尉下巴,少尉一个空翻,是波斯尼亚人救下了他,中尉们训斥我:这样你会杀了他!我回答说:他自己对我说,让我把他当成敌人。但中尉们命令我:先操练正步走,向左转,然后再练简单的刺杀动作!我回答说:不,跟敌人我哪能操练左转和右转?我马上就练刺杀动作!

我成为了赢家。我们那里有个叫卡特琳娜·黎波娃的高大女人,有名的舞蹈家,啤酒品鉴专家,聚会时跟每一个人都豪饮啤酒。有个闲人往她杯子里倒入了水银,等她喝下之后,拉她起来去跳舞,真是耸人听闻。她的女儿同样行为怪异,经常跟自己的丈夫在地板上做爱,他们的子女就在边上围观,我也亲眼见过,那天正好建筑商派我去他们家,我透过窗户往里目睹了那一幕。天哪,诗人蓬迪感叹,当我们从啤酒馆往外走时,他的一个孩子从童车上摔了下来。耶稣啊,这是怎么回事,有人仅花五十哈莱士①买下一公斤猪肉,而我买一片黑面包却要付出五百克朗?

我乘坐的普快列车刚驶出斯泰因布鲁克就停下不走了,列车员把我塞进一列快车。女乘务员立刻走过来关照我,她长得跟斯高洛娃小姐一样甜美,她带我进了头等车厢,假如是别人的话早被赶走了,还得被训斥一顿。她给我递上纸烟,这时某个表弟挤过来,满脸大胡茬像个铁皮人,嘴里叼个烟斗。女乘务员发话:继续往前走!老兄,你是三等车厢的!说着把他往外赶。我说:我也是三等车厢。但她碰了碰我的膝盖,悄声在我耳边说:等到了维也纳,我们一起去狂欢。您懂的,女人很难缠。在这方面波兰女人可是首屈一指,在医院里有一个女的坐到我床上,军医叱骂她:猪猡,母猪!她的名字叫雅德维

---

① 捷克旧货币单位,相当于半个克朗。

加,男人在她眼里比吃饭还重要。我在酒馆里娱乐时,宪兵们解下枪支和皮带,对我说:先生,你身上有股婚姻骗子的魔力。我当着他们面拔出刺刀,为女服务员削起铅笔,卓别林也那样做。当我遍访周围所有的啤酒馆之后,重新返回来,然而在啤酒厂里谁也不许跟我说话,于是我像猎鹰那样翻墙而出,回去了。

有一次捐客们来了,点了红酒和利口酒。一个士兵跃上台球桌,当场表演在生殖器上悬挂盛了水的水桶,哼,大师级的抹布而已,为此女人们至今争论不休。有人要我抽方头雪茄,抽完之后我很不舒服,躺倒在地上,警察像拉一卷马车油毡似的把我拉到啤酒厂里。那个机械师克努贝克,吹黑里康大号的,那种乐器的吹嘴真像个尿壶,往里吹出嗡嗡的声音,所以克努贝克常说:古典音乐是很费劲的,吹大号的人往往脖颈粗壮如牛。他的祖父去宴会上吹大号,宴席结束回来,他刚走出树林,一阵风扭转了大号的皮带,祖父窒息而死。

珠宝商布戈夫斯基想知道,他不在家的时候,他的女儿和未婚夫在干什么?于是,他假装去电影院看电影,实际上钻到了沙发底下,然后他听到自己的女儿和那个家伙来了,他看到了那家伙的靴子,然后两人在沙发床上坐下来,沙发瞬时塌陷,弹簧垂到了珠宝商的肚子上,然后他看到外衣和内裤扔到地上,然后踢掉了靴子,接下来珠宝商什么也看不到了,因为沙发的弹簧勒进了他的脖颈,他忍不住喊叫起来,但没有人听到他的呼喊,因为他的女儿和未婚夫也在喊叫,直到两人滚下沙发床,弹簧才从珠宝商布戈夫斯基的颈部松开,因为他想揭开欧洲文艺复兴的面纱。

诗人蓬迪再次推着童车到来,车子里坐着他的两个孩子。他跟我透露说,他现在只在卫生间的马桶上写诗,他坐在那里,膝盖上铺一块面案板,案板上搁一小本子就可以写了,然而现在两个孩子常去捣乱,拍打厕所的门,这让浑不吝的歌德也会崩溃呀。所以啊小姐,我坐在马科斯迷你型灭火器的墩子上,六个女孩在晒日光浴,同时听我讲故事。教长先生站在水壶上,手伸过栅栏,望着我,像是在望一个幽灵,而我只不过是一个博学之人,熟读《航空》画报和哈夫利切克,以及巴蒂斯塔先生的《论性健康教育》手册……

太阳落山了,卡米拉小姐站在梯子上,口中吃着樱桃,她笑眯眯地俯视眼前的老人,他每天都给她带来一束玫瑰,那是在别人花园里采摘的。他承诺将带她一起飞到维也纳和布达佩斯,带她去看所有那些他在奥匈帝国时期呆过的地方;他们将一起乘坐快速列车前往普罗斯捷约夫城,去瞻仰宫廷供应商魏因里希巨大的黑色陵墓,老人曾在供应商那里干过活;他们将驾车去科科拉湖,参观著名的日姆斯基故居,那个在世界上无所畏惧从而打入神圣王国的人。

卡米拉望着老人,对他绽开微笑,就是这位老人,不爱洗漱,让家人烦恼不已,为了让老人至少用水冲刷一下,只要天一下起雨,家人急忙递给他一个瓦罐,打发他到小镇的另一头去买牛奶。他已经不辨时间,和衣而卧,即使在当下的大热天里,他身上依然套三条裤子,贴身还穿一条磨破了边的运动裤,所以他看起来就像只咕咕叫的杂毛鸽子。脚上的鞋子沾满泥泞,他从来如此,在穿上一只袜子后,再娴熟地套上第二只,这样袜子的破洞就被遮掩住了。据他家人说,老人以前十分腼腆害羞,甚至胆怯。有一阵子脸上长满了痘,为此常常被女人们取笑,但他对她们依然表现出绅士风度,恭顺地陪伴左右。

就这样,在西沉的夕阳里她立在梯子上,身后是波光粼粼的河流,河面上一个围红围巾的女子用驳船载了一大垛干草驶过。小姐突然点头应允了那个起初让她震惊的好主意,她从梯子上一步步逐级走下来,站在了六筐樱桃篮子边上,那是她身穿短裤一下午采摘的成果。她朝棚子走去,她拎起水桶,掀开井盖,用钩子吊起满满一桶清凉的井水，然后抬起双手，褪下染满樱桃汁的上衣，解开短裤的纽扣，衬衣往上掀起，裤子往下褪去，她身子一抖，便从衣裤里走了出来，就这样她赤身裸体走过去，在苗圃环绕的林间空地上冲洗起身体。

那位唠叨了一下午的老人，现在中弹似的坐在那里，弯曲的膝盖被交叉的双手紧紧围抱，他的眼睛望向别处，并不看她，眼神僵硬、锐利而委婉，而她给予老人的，如一个女人所能给予男人的，是站在黄昏暮色里，面对那双激动的眼睛，将全身上下清洗一番……

"蓝色东欧"译丛(部分书目)

第 一 辑

- **《石头城纪事》**(小说)
  【阿尔巴尼亚】伊斯梅尔·卡达莱 著　李玉民 译

- **《错宴》**(小说)
  【阿尔巴尼亚】伊斯梅尔·卡达莱 著　余中先 译

- **《谁带回了杜伦迪娜》**(小说)
  【阿尔巴尼亚】伊斯梅尔·卡达莱 著　邹琰 译

- **《石头世界》**(小说)
  【波兰】塔杜施·博罗夫斯基 著　杨德友 译

- **《权力之图的绘制者》**(小说)
  【罗马尼亚】加布里埃尔·基富 著　林亭、周关超 译

- **《罗马尼亚当代抒情诗选》**(诗歌)
  【罗马尼亚】卢齐安·布拉加等 著　高兴 译

第 二 辑

- 《我的疯狂世纪（第一部）》（传记）
  【捷克】伊凡·克里玛 著　刘宏 译

- 《我的疯狂世纪（第二部）》（传记）
  【捷克】伊凡·克里玛 著　袁观 译

- 《我的金饭碗》（小说）
  【捷克】伊凡·克里玛 著　刘星灿 译

- 《一日情人》（小说）
  【捷克】伊凡·克里玛 著　高兴、杜常婧 译

- 《终极亲密》（小说）
  【捷克】伊凡·克里玛 著　徐伟珠 译

- 《等待黑暗，等待光明》（小说）
  【捷克】伊凡·克里玛 著　杜常婧 译

- 《没有圣人，没有天使》（小说）
  【捷克】伊凡·克里玛 著　朱力安 译

- 《花园里的野蛮人》（散文）
  【波兰】兹比格涅夫·赫贝特 著　张振辉 译

- 《带马嚼子的静物画》（散文）
  【波兰】兹比格涅夫·赫贝特 著　易丽君 译

- 《海上迷宫》（散文）
  【波兰】兹比格涅夫·赫贝特 著　赵刚 译

- 《父辈书》（小说）
  【匈牙利】瓦莫什·米克罗什 著　许健 译

第 三 辑

- **《乌尔罗地》**（散文）
  【波兰】切斯瓦夫·米沃什 著　韩新忠、闫文驰 译

- **《路边狗》**（散文）
  【波兰】切斯瓦夫·米沃什 著　赵玮婷 译

- **《第二空间——米沃什诗选》**（诗歌）
  【波兰】切斯瓦夫·米沃什 著　周伟驰 译

- **《无止境——扎加耶夫斯基诗选》**（诗歌）
  【波兰】亚当·扎加耶夫斯基 著　李以亮 译

- **《捍卫热情》**（散文）
  【波兰】亚当·扎加耶夫斯基 著　李以亮 译

- **《索拉里斯星》**（小说）
  【波兰】斯塔尼斯瓦夫·莱姆 著　赵刚 译

- **《遗忘的梦境——查特·盖佐短篇小说精选》**（小说）
  【匈牙利】查特·盖佐 著　舒荪乐 译

- **《流星——卡雷尔·恰佩克哲理小说三部曲》**（小说）
  【捷克】卡雷尔·恰佩克 著　舒荪乐、蒋文惠、程淑娟 译

- **《神殿的基石——布拉加箴言录》**（箴言）
  【罗马尼亚】卢齐安·布拉加 著　陆象淦 译

- **《十亿个流浪汉，或者虚无——托马斯·萨拉蒙诗选》**（诗歌）
  【斯洛文尼亚】托马斯·萨拉蒙 著　高兴 译

第 四 辑

- **《耻辱龛》**（小说）
  【阿尔巴尼亚】伊斯梅尔·卡达莱 著　　吴天楚 译

- **《三孔桥》**（小说）
  【阿尔巴尼亚】伊斯梅尔·卡达莱 著　　施雪莹 译

- **《接班人》**（小说）
  【阿尔巴尼亚】伊斯梅尔·卡达莱 著　　李玉民 译

- **《绝对恐惧：致杜卞卡》**（小说）
  【捷克】博胡米尔·赫拉巴尔 著　　李晖 译

- **《严密监视的列车》**（小说）
  【捷克】博胡米尔·赫拉巴尔 著　　徐伟珠 译

- **《雪绒花的庆典》**（小说）
  【捷克】博胡米尔·赫拉巴尔 著　　徐伟珠 译

- **《温柔的野蛮人》**（小说）
  【捷克】博胡米尔·赫拉巴尔 著　　彭小航 译

- **《无常的夏天》**（小说）
  【捷克】弗拉迪斯拉夫·万楚拉 著　　张陟 译

- **《赫贝特诗集（上、下）》**（诗歌）
  【波兰】兹比格涅夫·赫贝特 著　　赵刚 译

- **《垃圾日》**（小说）
  【匈牙利】马利亚什·贝拉 著　　余泽民 译

第五辑

- 《壁画》（小说）
  【匈牙利】萨博·玛格达 著　舒荪乐 译

- 《鹿》（小说）
  【匈牙利】萨博·玛格达 著　余泽民 译

- 《两座城市：论流亡、历史和想象力》（散文）
  【波兰】亚当·扎加耶夫斯基 著　李以亮 译

- 《另一种美》（散文）
  【波兰】亚当·扎加耶夫斯基 著　李以亮 译

- 《思想的黄昏》（随笔）
  【罗马尼亚】埃米尔·齐奥朗 著　陆象淦 译

- 《着魔的指南》（随笔）
  【罗马尼亚】埃米尔·齐奥朗 著　陆象淦 译

- 《乌村幻影》（小说）
  【罗马尼亚】欧金·乌力卡罗 著　陆象淦 译

- 《裸浴场上的交响音乐会——罗马尼亚20世纪小说精选》（小说）
  【罗马尼亚】诺曼·马内阿等 著　高兴等 译

- 《我行走在你身体的荒漠——立陶宛新生代诗选》（诗歌）
  【立陶宛】阿纳斯·艾利索思卡斯等 著　叶丽贤 译

- 《魔鬼作坊》（小说）
  【捷克】雅辛·托波尔 著　李晖 译

第 六 辑

- **《简短，但完整的故事》**（小说）
  【波兰】斯瓦沃米尔·姆罗热克 著　茅银辉、方晨 译

- **《三个较长的故事》**（小说）
  【波兰】斯瓦沃米尔·姆罗热克 著　茅银辉、林歆、张慧玲 译

- **《挑衅》**（小说）
  【阿尔巴尼亚】伊斯梅尔·卡达莱 著　李焰明 译

- **《娃娃》**（小说）
  【阿尔巴尼亚】伊斯梅尔·卡达莱 著　张雯琴、宋学智 译

- **《天堂超市》**（小说）
  【匈牙利】马利亚什·贝拉 著　余泽民 译

- **《秘密生活》**（小说）
  【匈牙利】马利亚什·贝拉 著　余泽民 译

- **《蓝色阁楼寻梦》**（小说）
  【罗马尼亚】阿德里亚娜·毕特尔 著　陆象淦 译

- **《两天的世界（上、下）》**（小说）
  【罗马尼亚】乔治·伯勒伊泽 著　董希骁、Mara Arion 译

- **《生活边缘的女孩》**（小说）
  【罗马尼亚】米尔恰·格尔特雷斯库 著
  张志鹏、林慧芬、陈进、李昕 译

- **《希特勒金钱》**（小说）
  【捷克】拉德卡·德内玛尔科娃 著　姜蔚茜 译

· 部分书名为暂定，以出版时为准 ·

第七辑

- 《致爱丽丝》（小说）
  【匈牙利】萨博·玛格达 著　舒荪乐 译

- 《对欢乐史的贡献》（小说）
  【捷克】拉德卡·德内玛尔科娃 著　覃方杏 译

- 《患病的动物》（小说）
  【罗马尼亚】尼古拉·布列班 著　陆象淦 译

- 《去往巴巴达格》（游记）
  【波兰】安杰伊·斯塔修克 著　龚泠兮 译

- 《伊莎贝拉的中国情人》（小说）
  【斯洛伐克】爱莲娜·西德维格优娃 著　荣铁牛 译

- 《木屋旅馆》（小说）
  【阿尔巴尼亚】迪安娜·楚里 著　陈逢华 译

- 《迟来的莫扎特》（小说）
  【阿尔巴尼亚】巴什金·谢胡 著　李玉民 译

- 《弗拉迪米尔·霍朗诗歌精选集》（诗歌）
  【捷克】弗拉迪米尔·霍朗 著　徐伟珠 译

- 《瓦斯科·波帕诗选》（诗歌）
  【塞尔维亚】瓦斯科·波帕 著　彭裕超 译

- 《恰佩克散文精选集》（散文）
  【捷克】卡雷尔·恰佩克 著　徐伟珠 编译